彼女
子一位
の隣で見つけた
あまりちゃん
JN072420
裕時悠示
[Illust]たん旦

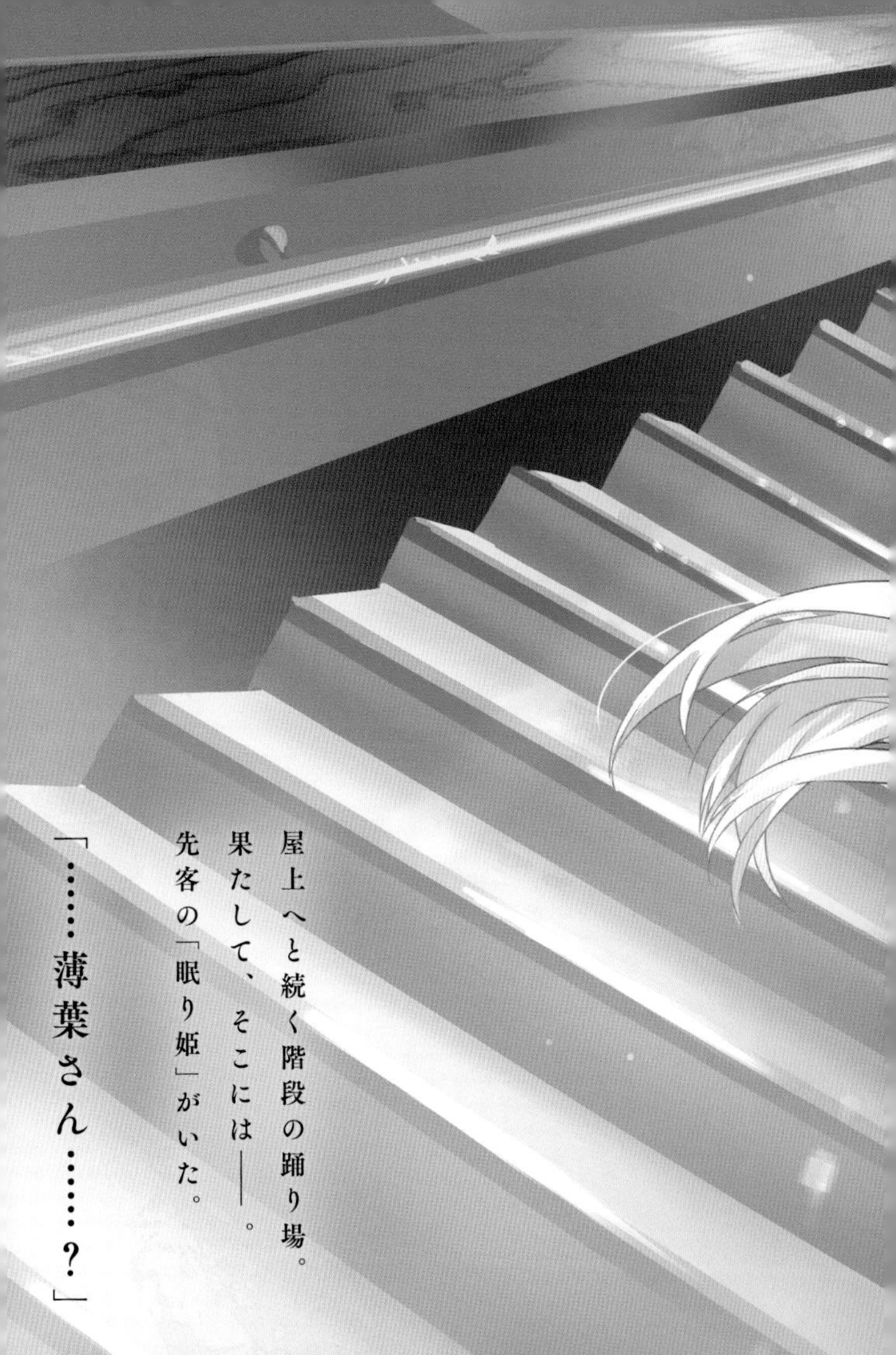

屋上へと続く階段の踊り場。
果たして、そこには——。
先客の「眠り姫」がいた。
「……薄葉さん……？」

隣を振り向くと――
信じられないモノが
僕の両目に飛び込んできた。
「あの、茂木くん……？」
化粧室
NEW

僕をまるで疑ってない純真な瞳。
「どうかしたんですか？
寒いんですか？」

呉羽結愛
街を歩けば
誰もが振り向く。
ただいるだけで
その場が輝く。
彼女にしたい女子、
堂々たる一位
間違いなしの
究極美少女。
薄葉あまり
あわあわ、びくびく。赤面症。
引っ込み思案で恥ずかしがり屋。

茂木福助
あだ名はモブ福。
その名の通り
地味な見た目の
主人公。
藤崎勇星
福助の幼なじみにして親友。
高身長。スポーツ万能。
顔も性格も超イケメンの
ハイスペック人間。
molte

Contents

design work Beeworks
illustration たん旦

彼女にしたい女子一位、の隣で見つけたあまりちゃん

裕時悠示

角川スニーカー文庫

24155

本文・口絵イラスト／たん旦
本文・口絵デザイン／Beeworks

■プロローグ

桜舞う、春。

四月。

今日から僕は高校生。

新しい学校生活がはじまる日。

真新しい制服を身にまとい、新鮮な気持ちでスタートを切ろうと思っていたのだが――。


「フクちゃん。鼻毛でてるよ」

「マジで」


朝の食卓。

インスタントの味噌汁(みそしる)をしみじみ味わっていた僕に、姉さんのツッコミが入った。

洗面所に行って、鏡に顔を近づけて――ほんとだ。みょーんって、黒くて細いのが一本。はなげ。普段は存在感ないけど、ふと気がつけばそこにいる。

通販の鼻毛カッターでぱっつんして食卓に戻ると、姉さんが目を細めて僕を見た。

「あのフクちゃんが、もう高校生かあ。月日が経つのは早いわあ〜」

茂木福助。

それが僕の名前だ。

令和に似合わぬなかなかのシワシワネームだが、地味な容姿のせいで「モブ福」というあだ名を小学校のときにつけられたこともある。学級委員の女の子が「変なあだ名をつけるのはよくないと思います！」と怒って以来呼ばれなくなったのだが、別に僕は嫌じゃなかった。あだ名で呼ばれるの、ちょっと憧れだったのに。

中学時代も、地味だった。

クラスメイトにも、なかなか名前を覚えてもらえなくて。

隣の席の加藤さんなんて、ずーっと僕のこと「ヨモギくん」って呼んでたもんな。「アタシ、あの香り好きなんだー」なんて微笑まれた日には、どんな顔すればいいかわからなすぎて草。ヨモギだけに。そのわりに「ヨモギくん、ヨモギくん」って何度も話しかけてきて、あれ、なんだったんだろう。

「高校では、まず、名前を覚えてもらうことを目標にしようかな」

「そんな志の低いことでどうすんの！　せっかくいい男に生まれたのにっ」

「ないない。姉バカすぎるよ、姉さん」

身内の過大評価にも困ったもんだ。

「いっちょ彼女のひとりやふたりくらい、パパッとこさえてみようよ！」

いちいち言い回しが昭和である。

「僕に？　彼女？」

「そんな不思議そうな顔しないでよ。フクちゃんってひっそり空気読んでくれるし、誰かが困ってるとさりげなくフォロー入れてくれるし。実は密かにモテてるって絶対！」

「だから、過大評価だって」

そりゃ僕だって、可愛い彼女と高校生活を送れたらいいなぁとは思うけど——。

親代わりになって育ててくれている美人の姉さんにそこまで言われると、さすがにカユい。

「ところで姉さん、そろそろ出勤」

時計を見て、「やばっ」と姉さんは席を立つ。

「後片付けしておくから、早く行って」

「ありがとフクちゃん！」

「今朝は肌寒いから上着着ていって。玄関のところに出してある」

「大感謝！　キミのそういうところ、イイねしてくれる可愛いガールフレンドがきっと現れるからね！　ね！」

余計なひとことを付け加えて、姉さんは慌ただしく家を出て行った。

ガールフレンド。

姉さんらしい、古めかしい言い方だ。今はもうあんまり聞かない。ようは「彼女」って意味だろうけど、直訳すれば「女友達」。どっちつかずな言葉だから、自然に使われなくなっていったのかもしれない。

彼女にせよ。

女友達にせよ。

「モブ福」に、そんな出会いが待っているんだろうか？

◆

入学式は滞りなく終わり、クラス分けが校内サイトで発表された。

今日から通う県立宮ノ森(みやもり)高校は、県内でもっとも新しい高校で、校舎も設備も真新しい。学校見学の時も入試の時も思ったけど、どこもかしこもピカピカしている。制服もおしゃれで、特に女子の制服は可愛くて全国的に有名だったりするらしい。

さて――。

そんなきらきらした学校で、僕はひとり、廊下の端っこを歩いている。

一年一組が、僕のクラス。

名簿には知らない名前ばかりが並んでいる。校区が離れているから、うちの中学から宮ノ森に進学した生徒はとても少ないのだ。

ただひとり――。

よく知っている名前がある。


「よっ、福助」


まるで僕の心を読んでいたかのようなタイミングで、肩がぽんと叩(たた)かれた。

そこに立っていたのは、爽(さわ)やかさの権化のような男子である。

制汗スプレーのCMから抜け出てきたような、清涼感のあるイケメン。

名前を、藤崎勇星(ふじさきゆうせい)。

中学では184センチもある身長を活かして、バスケ部のエースとして名を馳(は)せていた。

もちろん超モテて、卒業式は制服のボタンを求める後輩が押し寄せてちょっとした騒ぎになっていた。勇星は「こんなこともあろうかと」なんて、新品のボタンを百個用意していて事なきを得た。「余ったから」って僕もひとつもらった。背丈も器もデカすぎる。

「高校でも同じクラスだな福助。よろしく頼む」

「ああ。こちらこそ。勇星」

勇星とは、小学校からの幼なじみだ。

小三の時に勇星がうちのマンションの隣に引っ越してきて、それ以来の仲だった。いったい僕のどこをそんなに気に入ったのか、なんやかんやと話しかけてくれる。外見と違って気取らないやつだから、僕も話しやすかった。

「さっそく教室に行こう。こっちだ」

「なんでそんなに詳しいの？」

「春休みから、バスケ部の練習でちょくちょく来てたんだ」

「早っ。もう入部決まってたんだ」

「合格した時点で、家まで監督が来たからな」

さすがエース。きっと高校でも活躍するんだろうな。

こうして歩いていても、通りがかる女子の視線がチラチラ向けられるのを感じる。隣の僕を素通りして、まばゆい星にみんな釘付け（くぎづ）けだった。

そんな視線に気づいているのかいないのか、勇星は言った。

「監督に聞かれたんだ。他に有望なやつはいないかって。だからお前を推薦しておいた」

「へ？　僕？」

思わず親友の顔を見上げた。１６３センチしかない僕は、こうして一緒に歩いていると「弟にしか見えない」とよく言われる。

「いいよ、僕は。高校では帰宅部のつもりだから」

「もったいないな。バスケはもうやらないのか？」

「……うん」

中学時代、僕は勇星と同じバスケ部に所属していた。三年間、「バスケ選手」ではなくて「バスケ部員」だった。ジャージを着て、ベンチから声をからして応援するのが、僕の部活動だった。

ただ――。

最後の夏、最後の最後の試合だけは、コートに立った。監督が情けをかけてくれたのだ。練習だけは無駄に熱心だった僕を見かねて、花道を作ってくれた。夏の甲子園で言うところの「思い出代打」ってやつだ。

たったの3分27秒。

第4クォーターの途中で、わずかな時間だけ試合に出た。

あの日、あの場所で、僕のバスケは終わった。

「勇星、今度こそ全国行ってくれよな。僕の分まで」

「ああ。まかせとけ！」

親友は骨張った大きな手を握ってみせた。宮ノ森のバスケ部は強豪というわけじゃないけど、活気があってどんどん成績を伸ばしてるって聞く。勇星ならきっと成し遂げるだろう。

「そういえば、福助」

「ん？」

「この前の女の子たちから、何か連絡はあったか？」

「この前？　……ああ」

春休み、二人でゲーセンに行ったときのことだ。

財布を落として困っていた女の子二人組がいて、一緒に捜してあげたことがあった。無事に財布は見つかって、お礼も言われて、めでたしめでたしで別れたはずだ。

「いや、ないけど。どうして？」

やっぱりか、みたいな顔を勇星はした。

「今度会えませんかって、彼女たちから連絡があったんだ」

「ふうん、ＩＤ交換してたんだ」

「いや、勝手に調べたらしい。どうやったかは知らないが」

「……」

ちょっと怖いな、と思った。女の子の執念恐るべし。

でもまぁ、勇星ほどのイケメンなら、チャンスを逃したくないという気持ちはわかる。

「なんて返信したの？」

「いや、ブロックした」

「えっ、どうして？」

勇星は憤慨したように言った。

「財布を捜してあげようって言い出したのも福助だし、実際に見つけたのも福助だ。俺は何もしてない。なのに、俺にだけ声をかけるなんて筋が通らないじゃないか」

「……」

違う。違うよ勇星。

それは、めちゃくちゃ筋が通っている。

勇星がスターで、僕がモブだから。ただそれだけなんだ。

でも、それに気づかず、本気で友達のために怒ってくれるのが勇星なんだよな。

「勇星って、いいやつだよなあ」

しみじみ言うと、勇星は苦笑いを浮かべた。

「それはこっちのセリフだと思うぞ。福助」

「？　なんで？」

「出会って最初の二、三ヶ月なら、女の子たちは俺を見るかもしれない。でも、最後に彼女たちが見つめているのは、きっとお前だ」

「？？？」

そんな話をしながら教室に入る。

入学初日にもかかわらず、すでにいくつかのグループができているようだった。中学が同じもの同士で固まっているのか、あるいは部活で知り合いだったのか、トークの花がいくつも咲いている。

そのなかでも、ひときわ目立つ、大輪の花――。

「おお、すごい綺麗な子がいるなあ」

勇星が女子をそんな風に褒めるのを、長い付き合いで初めて聞いた。

男女五人ほどのグループの中心に、彼女はいた。

「……！」

その姿を視界にとらえた瞬間、心臓がドックン、すごい音を立てて跳びはねた。

まず目を惹くのは、とろりと甘い色をした亜麻色の髪。

自由な校風の宮ノ森とはいえ髪を染めるのは校則違反だ。だが、一目でわかる。染めたものではありえない。人工のものではありえない。メープルシロップみたいにつやつやとした髪は、窓から差し込む朝陽をあびてきらきらと輝いて見える。

真っ白な肌、すらっとした手足、女の子らしい丸み。

身にまとう雰囲気は今どきのＪＫって感じなのに、くるくる変わる表情はどこか幼くて愛らしい。笑うたびに目尻がきゅーんと下がるのが、信じられないくらいキュートだった。

可愛い。

いや、可愛すぎる。

「……はっ」

自分が息を止めたままだったことに、ようやく気がついた。

呼吸を忘れるほど、見とれてしまった。

「……」

いやいや、待て。正気か？

なあ、僕。茂木福助。

ちょっと話し合おう？

こんな高めの女の子に恋したら、僕なんかが恋したら、ただじゃすまないぞ。失恋確定じゃないか。これから三年間片思いするつもりか？　体育祭も文化祭も修学旅行も、クリスマスもバレンタインも、この子を目で追いかけて、彼氏ができたりするのをただぼーっと眺めていくつもりか？　やめてくれ。やめてくれ――。

立ち尽くす僕の耳に、他の男子がひそひそと交わす声が届く。

「女神だ、本物の女神がいる」

「ついてるな俺たち」

「あんな子と一年間同じクラスとか、マジやばっ」

すごい盛り上がりだった。

初日でもう学園のアイドル確定、彼女にしたい女子一位。そんな勢いだ。

そのとき――。

「あれっ？　もしかして、あなたは……」

愛くるしい瞳が、くるっとこちらに向けられた。

その視線の一撃だけで、僕は石化した。ぴきーん、と自分の中で音がして、指一本すら動かせなくなってしまう。

彼女が見ていたのは僕――、

ではなくて、隣の勇星だ。

「藤崎勇星くん？　柴園中の？　もしかして同じクラスなの？」

子犬みたいにしぱしぱっと駆け寄ってくる。

「俺のこと知ってるのか？」

「もちろん知ってるわ。私、聖祥中でバスケ部だった呉羽結愛っていいます。よろしくね！」

「おー、聖祥か！　あそこは女子も強かったなあ」

いきなり話が弾んでいる。

古い友達であるはずの勇星を遠い存在に感じるのは、こういう時だ。初対面の超可愛い女子とも、堂々と普通にしゃべれる勇星は本当にすごい。素直に尊敬すると同時に、どうして僕はこんな風にできないんだろうって、ちょっと劣等感。親友に劣等感をいだく自分に、かなり自己嫌悪。つらい。

「――ところで」

バスケの話でひとしきり盛り上がった後、ふっと呉羽さんの視線が僕に向けられた。

大きな二つの目にまじまじと見つめられる。

ドックン、と再び心臓が跳びはねる。

「こちら、勇星くんのお友達？」

「ああ。友達も友達、親友の茂木福助だ」

「あはっ。縁起良さそうな名前だね。よろしく！」

まぶしい笑顔とともに、白い手が振られる。僕にはまるで、それがスローモーションで再生される動画のように見えた。

すぐに挨拶(あいさつ)を返そう。

そう思うのに、カチコチに緊張して、上手く声が出てこない。

「……よ、よろっ、よろしく」

ようやくそれだけを言った。

普通の女子なら怪訝(けげん)な顔をしたり、ヘタすれば笑われたりするところだけど、呉羽さんは良い子だった。一瞬「あれ？」みたいな顔をした後、すぐに笑顔で「はいっ、よろしく！」と言ってくれたのだった。

「ねえ茂木くん。私たち、どこかで会ったことあるかな？」

「えっ？」

あらためて呉羽さんの顔を見る。

目が潰れそうなくらい超絶可愛いけれど、見覚えはない。こんなとびっきりの美少女、一度会ったら忘れるはずはないと思う。

「いや、初めてだと思うけど」

「……そっか」

そうよね、と呉羽さんが頷いて話は終わりになった。彼女は勇星とのおしゃべりを再開して、そこに他の生徒たちも加わって、たちまちおしゃべりの輪ができる。

きっとこのクラスは、この二人を中心に回っていくんだろう。

にぎやかな場がどうしても苦手な僕は、そっと、その輪から離れた。

その時だ。

「……ん？」

視界の隅にふっと何か見えた気がして、僕は足を止める。

呉羽さんのきらきらした髪の後ろを、さらさらしたおさげ髪が流れていく。

女の子だ。

クリーム色のカーディガンを制服のシャツの上から着込んでいる。ちょっとオーバーサイズなため、袖（そで）のところを、もぎゅっと小さな手で握り込んで。

首には、空色のヘッドホンをかけている。

その女の子は、花瓶に花を生けているところだった。「んしょ」と背伸びして、水の入った花瓶をロッカーに載せる。ちっちゃくて可憐（かれん）な白い花。名前もわからないその慎ましい花束を、そっと教室に飾っている。

誰もその姿に気づかない。

勇星と呉羽さん、クラスの中心になること間違いなしの美男美女に目を奪われて、誰もその花に気づかない。

彼女は何度も花束の向きを変えた。首を傾（かし）げてはやり直した。やがて納得がいったのか、嬉（うれ）しそうに「うんっ」と頷いて、それから振り向いて――。

「……あ」

「……ふぇっ」


目があった。

正確にいえば、彼女の前髪と目があった。

顔がよく見えない。

まるで御簾（みす）の向こうに隠れたお姫様みたいに、前髪がゆれるたびに丸っこい瞳がチラリと垣間見えるだけだ。

ぱち、ぱちっ、と二回まばたきをした後、彼女は恥ずかしそうに目を伏せた。

桜の花びらみたいに小さなくちびるが、もごもごと動く。

——おはようございます。


そんな感じのことを、つぶやいたように見えた。

◆

それが、彼女とのファースト・コンタクト。

薄葉(うすは)あまりとの、出会いだった。

■1

高校生活がスタートして、三週間が経った。

この時期になると、クラスの人間関係もおおよそ固まってくる。それぞれに「役」が割り振られ、その役に適した振る舞いをすることになる。

スクールカースト。

そんな古めかしい言い方もあるらしいけど、階級（カースト）というよりは役（キャスティング）のことじゃないかって思う。

教室という舞台でメインを張る「主役」。

主役を取り囲む「脇役」たち。

名前がある役はここまでで、後はいわゆるその他大勢、いわゆる「モブ」というやつだ。

たとえば、我が親友・藤崎勇星。

あいつは紛れもなく主役だ。

バスケ部では早くもゼッケンをもらってベンチ入り。先輩にも気に入られて、一年生なのに学食を使えるという権利までもらっている（うちの学校、一年は混むから学食自粛みたいな不文律があるらしい)。目立ってる、もうめちゃめちゃ目立ってる。上級生の女子がわざわざ教室まで見に来るくらいのモテっぷりだ。このくらいになるともうクラスじゃなくて学校の主役まである。

学校という舞台に生きる僕たちはみんな、自分の「役」をしっかりとわきまえている。どんなに勉強ができないやつでも、要領の悪いやつでも、教室における自分の「役どころ」だけは、何故か絶対に間違えない。きっと人間ってより「動物」としての本能なのだろう。

そして、僕。

幼小中と同じように、高校でもその他大勢の「モブ」役にひっそりと収まった僕である。勇星とは友達だけれど、「勇星グループ」に僕は入らない。教室の隅っこで、気の合う男子と好きなアニメやマンガの話、最近見た面白い配信の話なんかをしてるほうが性に合っているのだ。

そんな僕は、今日も呉羽さんに挨拶(あいさつ)されて、

「おはよう、茂木くん!」

「お、……おはよう」

……ああ。

今日もまた、ぴきーんと固まってしまった。

制服のチェックスカートが誰よりも似合う呉羽さんは今日もキラッキラで、歩くだけで陽の粒子が教室にばらまかれる。「これが陽電子ってやつだよ」と文系男子に言えば十人に一人くらいは信じるかもしれない。それほどに明るいオーラをしなやかな体にまとわせていた。

生まれついてのアイドル。

紛れもなく一年女子の主役なのに、僕みたいなモブに対しても分け隔てなく距離感が近い。オタク寄りの男子がこそこそやってるスマホゲームをひょこっと覗き込んできて、「ね、これどんなゲーム？　教えて？」なんて無邪気に聞いてくる。そのせいで勘違いする男子が後をたたず、告白の山を築き、「えっと、ゴメンナサイ。お友達で」と、哀しき友情を量産していると聞く。

SNSのフォロワー数とか、いいねの数とか、めちゃめちゃ多いらしい。

中三のとき、友達と踊ってみたショート動画が超バズって、ネットニュースで取り上げられたらしい。

上級生の「彼女にしたい一年生」アンケートでぶっちぎり一位に輝いたらしい。

さっきから「らしい」「らしい」ばかりだけど、全部人づての噂だからしかたがない。

いまだに僕は、呉羽さんとまともにしゃべれてない。

勇星と友達である関係からか、ちょくちょく話しかけられはするんだけど――。

ちゃんと目を見られない。

最初のつまずきが尾を引いている。出だしで盛大にスベッたという後ろめたさが、まぶしいアイドルを直視できなくさせているのだ。

ああ、呉羽さんとお付き合いしたい！

……なんてことは、望まない。

あくまで「憧れ」だ。

他の男子が言うように彼女にしたいとか恋人にしたいとかは思わない。そんな大それたことは思わないけれど――堂々と緊張せずに話せるようになりたい、とは思う。

◆

それはさておき、例の「お花の女の子」の話をしておこう。

彼女の名前は、薄葉あまり。

となりの席の呉羽さんとは昔からの友達っぽい。

……以上。

話が終わってしまった。

新学期から三週間経ってもなお、これっぽっちのことしかわからない。なにしろ彼女はほとんどしゃべらない。先生が出欠をとる時の、消え入りそうな「はぃ」という返事以外、声を聞いたこともない。

顔すら、よく見えない。

前髪で目が隠れがちなせいで、いまいち顔がわからない。

唯一、呉羽さんとは、時々、会話している。

そのときもこくこく頷いたり、ふるふる首を振ったりするだけ。

こくこく。ふるふる。

呉羽さんのほうは普通に話しかけてるんだけど、薄葉さんのほうにはちょっと、遠慮が見えるというか。なんとなく、勇星と僕の関係に似てるなと思う。

口さがないクラスメイトは、こんな風に噂する。

「あの二人、なんで仲いいんだろうな」

「女神とモブ子、似合わないよなあ」


とか言われてるけど、僕には「実はすごく可愛いんじゃないか？」って思うときがある。

たとえば、仕草。

全体的な振る舞いがすごく「女の子」してる。

呉羽さんと話している時、たまに笑うことがあるんだけど、その時は必ず口許に手をあてる。その仕草がとても自然で、わざとらしくない。他の女の子が「クスクス」肩を動かすのだとしたら、「くすっ」と前髪をかすかに揺らす感じ。

その口許に添えられる手が信じられないくらい白くて、ちっちゃくて――思わずドキッとしてしまう。きらきら太陽みたいに笑う呉羽さんと違って、ささやかな月の光みたいに笑うのだ。まるで太陽と月。呉羽さんと薄葉さん。どちらも決して見劣りしない、宮ノ森最高の美少女コンビだと思う。

当の呉羽さんは、クラスメイトに問われてこう答えている。

『あまりちゃんのこと？　うん。幼稚園からの幼なじみなの』

『えっ？　違う違う、ぜんぜんいい子だってば！』

『可愛いし優しいし、話しかけたらふつーに返事してくれると思うから』

『あー、ね、今度遊びに誘ってみるから！』

『そしたらあまりちゃんの良さをわかってもらえると思う！』


僕もまったく同感だ。

薄葉さんは、毎週、教室に花を飾っている。

その現場を見たわけじゃないけれど、僕にはわかる。毎朝誰よりも早く教室に来て、花瓶に花を生けたり水を替えたりしている。先々週はパンジー、先週はリューココリネ。そして今週は瑞々しいゼラニウムで、爽やかなハーブの香りが僕らの気分をアゲてくれた。

お花だけじゃない。毎朝教室の掃除をしている。これまた現場を見たわけじゃないけど、あきらかに放課後より綺麗になってて窓はピカピカ、床はキラキラ。学校がうちのクラスだけえこひいきしているのでない限り、それは「お花の女の子」の仕事に違いなかった。

それでも、彼女は自己主張しない。

「モブ子」呼ばわりにも甘んじている。

クラス担任が「素敵なお花、誰が買ってきてくれたの？」と呼びかけたときも、じっとうつむいて、何も言わなかった。だけど、つやつやのおさげ髪からちょこっと覗く耳たぶが真っ赤に染まっていて——ああ、やっぱり薄葉さんが生けてたんだな、って僕は確信したのだ。

目立つの、苦手なんだろうな……。

だから、僕も話しかけない。

こっそり「毎日お花ありがとう」って伝えようかと思ったことはあるけれど、結局やめた。たぶん、それは彼女の望むところじゃない。誰かに褒められるためにやってるんじゃないのは明らかだから。

そんな感じで観察していて、気づいたのだが——。

——薄葉さんって、勇星のことが好きなのかな？

教室では隅っこでひっそり咲くタンポポみたいにしてる薄葉さんだけれど、ときどき、ふとした瞬間、僕と目があうことがある。

その時はたいてい、僕が勇星と一緒にいる時なのだ。

目があうと、薄葉さんは「あわわ」みたいにくちびるを動かして、さっと顔を伏せてしまう。それから恥ずかしそうに、前髪をくしくし、猫が顔を洗うみたいに整えて——うん、やっぱり可愛い。仕草だけでこんなに可愛い子、なかなかいないんじゃないか？

それはさておき、こういうのは僕にとって「あるある」だったりする。学年で一番モテる男子の親友をやっていれば、頻繁に起きるイベント。ちょっと鈍いところがある勇星より、そばにいる僕が先に「恋の視線」に気づくというやつだ。

勇星との「恋の橋渡し」なんて、してあげられないかな？

そんな風にちらっと思ったのは、今の僕が、このクラスで奇妙な立ち位置にいるからだ。

その立ち位置というのは——。

◆

「お願い茂木くん！　一瞬撮らせて！」

「うん。いいよ」

昼休み。

クラスメイトの女子がかざしたスマホのカメラに向かって、僕は黙然と両手を合わせる。

パシャッ。

撮り終わると、女子も俺に両手を合わせる。

「二組の速水青司くんと、上手くいきますように！　上手くいきますようにっ！」

「了解。名前は聞かなかったことにするから、がんばって」

ここまでが一連の「儀式」である。

神社のお参りみたいだが、実際似たようなもんだと思う。

『茂木福助を撮って、告白までその画像をスマホの待ち受けにすると、恋が上手くいく』

そんな「おまじない」が、いま、一年生のあいだでひっそりと流行している。

入学初日に呉羽さんが言った「縁起が良い名前だね」というあのひとこと、あれが発端だったようだ。それを受けて、冗談で僕を拝みに来た男子が、翌日「隣のクラスの女子にコクられた！」「茂木のゴリヤクじゃね？」とか騒いで以来、この奇妙な儀式が広がってしまったのである。しかも日々、研究が進んでいるらしく、「撮った後、二礼二拍手一礼すると効果大」「相手の名前を言うとさらに御利益マシマシ」などなど、ルールがどんどん増えているらしい。おまじないとかジンクスって、理屈じゃないんだよね。

でも――。

誰かの役に立っているのなら、悪い気はしない。

勇星は心配してくれて「あんなに毎日毎日来られて、困ってないか？」なんて言ってくれているけれど、別に困ってない。僕の存在がちょっとした手助けになるのなら、これに勝る喜びなし。おかげで謎の人望を獲得しつつあって「恋愛の悩みなら一組の福助に！」なんて噂が広がってるらしいけど、力が及ぶ限り協力したいと思う。

さて、僕もお昼を食べよう。

ランチバッグを持って教室を出る。最近は「詣で客」が立て込んできて、教室にいると無限に頼まれてしまうので、別の場所で一人で食べている。

ひとつ、穴場を見つけている。

屋上へと続く階段の踊り場。

ほとんど人が来ない、学校の安全地帯だ。

今日は晴れているけど、北風が強くて肌寒い。踊り場で食べることに決めて、僕は昼休みのにぎやかさにあふれた廊下を歩き、屋上へと続く階段を上り始めた。

◆

果たして、そこには──。

先客の「眠り姫」がいた。


「……薄葉さん……？」


薄葉あまり。

階段にピンクのタオルを敷いて座り、壁にもたれかかって、空色のヘッドホンをつけて、彼女は眠っていた。

いや……。

音の世界に浸ってるだけなのだろうか。

すぅ、すぅ、という規則正しい吐息からは眠っているように見える。だが、ときどき長い髪がさら、さら、リズムに乗るように揺れるのだ。

南の窓から差し込む淡い陽ざしのなかで、きら、きら。

まるで心地よい音楽のように、一定のリズムを刻んでいる。

それは、彼女が聴いている音なのだろうか？


「……」


踊り場へと続く階段に右足をかけたまま、それ以上のぼれなくなった。

声をかけるのが躊躇われる。

彼女の静けさを壊したくない――そう思った。

右足を下ろして、そのまま踵を返そうとした時、強い風が吹き込んできた。風は僕と薄葉さんのあいだの空気を揺らして、彼女の前髪もそよそよと揺らした。

長い前髪が微かに揺れて、ゆっくりと、スローモーションで、大きな目が開かれた。

ばちん。

そんな音がしそうなくらい、目があった。

今度は前髪越しじゃない。

正真正銘、目があったのだ。

「…………」

「…………」

お互い、しばらく無言だった。

僕はみとれた。初めて見る薄葉さんの素顔、御簾に隠れていたあどけない瞳にみとれてしまった。静かな湖面のように、あるいは穏やかな日だまりのように、見る者をホッとさせる何かがある瞳だった。

……めちゃくちゃ、可愛い。

胸のなかで、心臓が静かな鼓動を奏でた。呉羽さんの時のような「ドックン、ドックン」騒がしい音じゃない。「とくん、とくん」。砂漠に穏やかな雨が降るように、静かに、じんわり、僕の内側に広がっていた。

薄葉さんも、僕を見つめていた。

目をまんまるに見開いて、どこかぼうっとしたまなざしで、僕を見つめていた。

その白い頬がみるみる赤く染まっていく。

あわわ、と唇が動いて――。

「あっ、わ、わーっ、わぁぁ〜っ……」

カーディガンを頭からかぶって、顔を隠してしまった。へんてこな格好だけど、これまた、てるてる坊主みたいで可愛い（かもしれない）。

「ごめん、驚かせるつもりじゃなかったんだ」

僕は弁明した。

「ここでお昼を食べようと思っただけなんだ。そしたら、薄葉さんがいて」

「わ、わたしの名前、し、知って……？」

カーディガンのなかの瞳が、きょとんとする。

「知ってるよ。同じクラスじゃないか」

「そっ、それは、そうなんですけど……」

そんな薄葉さんの隣には、コンビニの袋が置かれている。エビマヨおにぎりのラベルがちょこんと顔を覗かせていた。そういえば彼女、昼休みはいつも教室にいない。呉羽さんとは友達だけど、「呉羽さんグループ」ではないのだ。

「あっ、あの、わたし、もう食べ終わったので」

「いや、いいよ」

スカートを押さえながら立ち上がろうとした彼女を止めた。

「今日の先客は薄葉さんだから。僕がよそに行くよ」

「え、でも……」

「他にも心当たりはあるからさ」

今度こそ踵を返そうとしたそのとき、冷たい風が吹き込んできた。

彼女のカーディガンの肩が「ぶるっ」と寒そうに震える。

天井に近いところにある、小窓が開いていた。

いつもは閉まっている窓だった。空気の入れ換えのために、誰かが開けてそのままにしてあるようだ。ちょっとだけ高い位置にあって、彼女の身長では届かない。

たぶん、僕にも届かない。

背伸びして、ようやく窓枠に指先が触れる程度だろう。

「……」

僕はそのまま階段を下りていった。

すぐ隣にある視聴覚室に入り、手近なところにあった椅子を持って、えっちらおっちら、また階段を上った。

「あ、あの……」

とまどう彼女の前で内履きを脱いで、椅子の上に乗った。

きっと勇星なら、椅子なんて持ってこなくても届くだろう。ひょいっ、と軽く手を伸ばして。レイアップシュート。１８４センチのエースは、いとも簡単にリングを揺らす。

１６３センチのモブは、椅子に乗る。

「こうしないと、届かない、からっ」

それでも何度か背伸びを繰り返さなくてはならなかった。よっ、ほっ、と奮闘していると、椅子の脚がガタガタと揺れる。新設校なんだから、もっと高い椅子使ってほしい。

ふいに揺れが止まった。

下を見れば、薄葉さんが椅子の脚をぎゅっ、と小さな手で押さえてくれていた。まるで命綱でも摑(つか)んでいるみたいな真剣な顔で、僕を見上げていた。

「お、おさえてます、からっ」

「……うん」

「ぜったい、はなしませんからっ」

彼女に支えられつつ、ぴしゃりと窓を閉めた。

地上に帰還すると、彼女は「はぁ～っ」と長いため息をついた。大気圏突入から生還した宇宙飛行士を出迎えるみたいな顔をして。大げさすぎる。

「あ、あっ、ありがとうございます。……茂木くん」

「こっちこそありがとう。薄葉さん」

僕の名前を、知っててくれたようだ。

それだけで、なんだか報われた気持ちになる。

「っと、時間ないからこれで」

「あ、椅子は、わたしが戻しておきますので」

「いいよ。僕が持ち出したんだし」

椅子を抱えて、慌ただしく階段を下りる。

内履きが階段のタイルを叩く音にまぎれて、

――やっぱり、優しいんだ。

そんな声が、かすかに聞こえた気がした。

やっぱり、って？

「……？」

まあ、空耳だろう。

薄葉さんとは、今日、初めてまともに言葉をかわしたんだから。

僕は彼女の時間を乱さないよう、静かに階段を下りていった。

■2

そういうわけで、どんなわけで。

GWが終わり、初めての定期テストも乗り越えて、高校生活にもだいぶ慣れてきた。

例の「福助詣で」は加熱する一方である。

「なあ茂木！　今度の日曜に彼女を動物園に誘おうと思うんだが、どう思う？」

「いいんじゃないかな。あ、志摩動物園に行くなら、雨具持っていったほうがいいよ。あそこ山奥だから、天気変わりやすいんだって」

「なるほど！　初デートでずぶ濡れとか洒落ならんもんな！　あざす！　あざす!!」

男子のみならず、女子にまで。

「ねえ茂木くん！　彼の誕生日にスポーツタオルをプレゼントしようと思うんだけど！」

「いいんじゃない？　ああでも、柄物とかピンクはやめといたほうがいいかも。いかにも彼女からのプレゼントです、みたいなやつだと、ちょっと使いづらいし」

「ありがとう気をつける！　ご利益期待してるねっ！」


なんかもう「おまじない」っていうより、恋愛相談所みたいだ。

姉さんがティーンの女子向けファッション誌の編集者をやってる関係で、この手の「恋愛のおやくそく」みたいなことに僕は無駄に詳しい。姉さんの仕事の愚痴を聞いたり、リモートで編集会議とかしているのを聞いていて、習わぬお経を読んでしまったのである。

そんな僕は、今日も憧れの呉羽さんに挨拶されて、

「おはよう茂木くん！」

「あっ、おっ、……おはよう」


とまぁ、こんな体たらくで、いまだに「ふつーに挨拶」というミッションすらクリアできていない。そのせいかどうかはわからないけど、呉羽さんも頻繁に声をかけてくる。学園の女神が何度もチャンスをくれているのに、僕は一度も活かせてない。

いっぽう、薄葉さんとはますます目が合うようになっていた。

勇星への恋心を日増しに募らせているのか、白い頬をポーッと桜色に染めて、心ここに

あらずみたいな表情で。僕と目が合っても、それに気づくまで一秒くらい間があって……それからようやく、桜色から林檎(りんご)色に変わった顔を、あわてて伏せるのだ。

——もしかして、薄葉さんも「福助詣で」したいんだろうか？

だとしても、彼女の性格からして、なかなか言い出せないに違いない。

毎週かかさず花を飾っていることといい、僕の椅子を必死に支えてくれたことといい、すごく良い子だから力になってあげたいとは思うけれど——さすがに「勇星のこと好きなんでしょ？」「いっちょ詣でっとく？」なんて言えるはずがない。余計なお世話すぎるし、万が一、僕の勘違いだったら恥ずかしすぎて死ねる。

男の僕から見ても、勇星はいいやつだ。

県下でも有名なバスケット選手で、さっぱりした性格で、イケメンで、清潔感があって、掛け値なしにいいヤツで、いつも堂々としている。相手が大人だろうと上級生だろうと、はっきり自分の意見を主張する。

だから、ほとんどの女子は、勇星のことを好きになってしまう。

クラスで一番目立つ子も、おとなしい子も、清楚(せいそ)真面目も派手ギャルも、誰も彼も、勇星のことが好きだった。

勇星のことを好きにならない女子なんて、いないんじゃないだろうか？

そう。

それが、たとえば、呉羽さんであっても……。

◆

遅かれ早かれ、誰かが言い出すんじゃないかとは思っていた。

「藤崎と呉羽って、お似合いだよな」

そんな話が、うちのクラスを中心として校内に広がり始めた。

二人とも、めちゃめちゃモテるのにまだ恋人を作ってない。告白されても断り続けているという。「なぜ?」という話になり、「好きな相手がいるからだ」という憶測を呼んで、それは誰だということになれば、やっぱりみんな「二大スター同士の恋愛」「ビッグカップル誕生」を思い浮かべるのだ。

勇星が彼女を作らない理由は、なんとなくわかる。

中二の夏と秋、立て続けに二人と付き合って別れた後「モテてるのはバスケ部のエースであって、俺じゃないんだ」なんてボソッと言ったきり、コクられても全部断るようになった。勇星にはそういう潔癖なところがある。あとはまぁ、単純に部活で忙しいというのもあるんだろう。

呉羽さんのほうは——わからない。

振られた男の数が両手じゃ足りなくなったあたりから「彼氏作らないのかな？」とクラスで不思議がられるようになった。彼女は勇星のように部活をやってるわけじゃない。中学まではバスケ部だったらしいけど、高校では部活に入らず、厳しいことで有名な学習塾に通っている。成績はトップクラスで勉強に打ち込んでるのは間違いないと思うけれど、彼氏を作らない理由としてはちょっと弱い。

作らない、のではなく。

もうすでに好きな彼がいて、その彼といい感じになるのを待ってるだけなのではないか？

そう考えたほうが自然だ。

それは、勇星にしても同じだった。別に一生彼女作らない宣言してるわけじゃない。「いい子がいればなぁ」なんて言ってたこともある。呉羽さんなら、申し分ないはずだ。

二人は、クラスでよくおしゃべりしている。他の友達を交えてのことが多いが、やっぱり中心にいるのは二人だ。話題はバスケのことばかりで、部の調子がどうとか、地元の社会人チームがどうとか、盛り上がっている。マニアックな領域にトークが及ぶと、周りの連中が「二人だけの世界に入らないでー」なんて冷やかすこともある。そんな声が聞こえてくるたびに、僕の心臓はまた大きな音を立てる。

何度も、勇星に聞こうとした。

「呉羽さんのこと、どう思ってる?」って。

だけど聞けなかった。怖くて聞けない。勇星が「ああ、いいよな彼女」って、あの爽(さわ)やかな笑顔とともに言ったら?　どんな顔をすればいいのか、わからない。

憧れの女の子と、親友が付き合ってしまったら。

いったい、どんな顔をすればいいいんだろう?

◆

五月も後半に入り、教室で話す相手も少しずつ増えてきた。

たとえば、後ろの席の秋山(あきやま)くん。

フレームがごつい黒縁メガネが特徴。僕と同じ「陰」よりの男子で、ちょっと独特な雰囲気があるけど、のんびりした性格で話しやすい。いつのまにか、クラスで一番よく話す相手になっていた。

「……ってな感じでさ、こないだはダイオウグソクムシを天ぷらにして食べてたよその人」

「やばいね。そんなチャンネルあるんだ。茂木くん詳しいね。今度見てみるよ」

こんな感じで、わりとマニアックな話題でもついてきてくれる。

「茂木くんのオススメいいね。アニメは、面白いのある？」

「今期はいろいろ面白いのあるよ。えーと、秋山くんは何系が好きなの？」

「ん。ほらあれ、なんだったかな。息吸って鬼退治するやつ」

「……破滅の刃？」

「おっ。それそれ。さすがだね茂木くん」

秋山くんが挙げたのは、まさに誰でも知ってる国民的超人気アニメだった。息吸って鬼退治。別に間違ってないけど、それ、桃太郎とか一寸法師もぜんぶ当てはまるよね……。

よくわかったな僕。

そんな感じにひっそりと、秋山くんとの会話を楽しんでいると——。

ぽむぽむっ、と軽やかに肩を二回叩かれた。

無邪気な子猫が肉球でじゃれてきたかのような、甘やかな感触が肩に残る。

振り向けば、クラスの究極女神様がにこーっと笑って立っていた。

「ねえ、なんのお話してるの？」

「えっ⁉　あっ……」

突如として現れた「結愛スマイル」の前に、石像と化す僕。

フォローを求めて秋山くんのほうを見れば——もういない。陽キャの「気」を察して逃げたのか。なんという素早さ。陰キャとしての危機管理能力がすごすぎて、思わず尊敬しそうになった。

「ごっ、ごめんね邪魔して。私のせいだよね」

申し訳なさそうに手を合わせる呉羽さん。その、おしゃれに結ばれた制服リボンの前でちょんと触れ合う小さな爪の愛らしさに、気が遠くなりそうだ。

「……いや、彼、塾だって言ってたから」

呉羽さんを傷つけたくないばかりに、そんな嘘をついた。

彼女は、なぜかちょっぴり寂しそうな笑みを口元に浮かべると、うん、とひとつ頷いて話し始めた。

「あのね、茂木くん。例の『福助詣で』のことなんだけど」

「あ、うん」

嫌な予感が、冷や汗となって背中を流れ落ちた。

「あれね、私、ちょっと思うところがあって、その、ね？」

「……うん」

背中の汗がじわり、全身に広がって、シャツを濡らしていく。

いつもハキハキとしている呉羽さんが、やたら言いづらそうにしている。大きな目をぱちぱちさせて。ふぅ、と細いため息を合間に吐き出したりして。そんな弱気な仕草まで可愛くてホント焦るけど、いったい、何を言おうとしているのか。

そんなの、ひとつしかない。

呉羽さんも「福助詣で」にやってきたのだ。

思いを寄せる男子との恋愛成就を祈願するために、僕のところへ、勇気を振り絞るようにして、意を決してやってきたのだ。

教室に残っているクラスメイトたちが、それとなく、こちらを窺っている。みんなも同じ考えのようだ。クラスの、いや宮ノ森高校ナンバーワン女子である呉羽結愛が、ついに福助詣でにやってきた。そのお相手は誰なのか？　みんな気になってるのだ。

——いや。

気になっているというより、答え合わせがしたいのだろう。

その答えとは、もちろん――。


「……ごめん、呉羽さん」


彼女の声をさえぎるようにして立ち上がる。

「僕も、塾があるんだ。急ぐからこれで」

「あっ、ちょっと茂木くん？」

呉羽さんの声を振り切って、カバンをつかんで走り出した。後ろは振り返らなかった。

もし、呉羽さんのがっかりした顔を見てしまったら、僕は膝から崩れ落ちてしまうだろう。

だから、脇目も振らずに走って学校を出た。


逃げた。

中三夏までバスケ部員として鍛えた脚は、なんの役にも立たないのにやたら速くて、あっという間に呉羽さんとの距離を離していった。

◆

塾がある。

そう言ったからには、本当に塾へ行った。

駅前にある大手予備校のビル。一階の自習室がガラス張りになっていて、勉強している様子が外からも見える。みんな、真剣に勉強に打ち込んでいる。入り口には初老の守衛さんが立っていて、ぼーっとガラスを見つめる僕のことを不思議そうに見ていた。

「君、入らないの？」

「あ、僕ここの生徒じゃないんで……」

「？」

そう。僕は塾に通ってない。

このビルに足を踏み入れることはできない。

それなのに、呉羽さんに嘘をついたことにしたくなくて、ここに来てしまった。我ながらおかしなことをしてる。この無駄な行動力、意味のない誠実さ、本当に……。

「ほんと、僕って馬鹿」

この行動力と誠実さを、どうしてさっき出さなかったんだ。

どうして、呉羽さんの相談をちゃんと聞いてあげなかったんだ。

「……ごめんなさい。帰ります」

守衛さんに会釈して、重い足を引きずるようにして歩き出す。

明日（あした）、呉羽さんに謝ろう。

もう一度、今度はちゃんと話を聞こう――。

駅の改札をくぐって、ホームへ向かった。

ちょうど帰宅ラッシュの時刻で、車内は殺人的な混み具合。

ひさしぶりに体感する満員電車に辟易（へきえき）して、スマホを取り出す余裕もなく、週刊誌の吊（つ）り広告とにらめっこしながら「やっぱり塾は近場がいいな」なんて思っていた時――。

僕は「それ」に気づいた。

――あれは、薄葉さん？

疲れた会社員や学生でぎゅうぎゅう詰めの車内に、空色のヘッドホンを見つけた。

間違いない、薄葉あまりだ。

同じ電車だったのか。気づかなかった。

声をかけようと思えばかけられる距離だ。

でも、こういう場所で声をかけられるのはきっと嫌だろうな――そう思って、気づかなかったふりをしようとした矢先、彼女の様子がおかしいことに気づいた。

じっとうつむいている肩が、かすかに震えている。

気分でも悪いのかなと思ったけど、そうじゃない。

頰が奇妙に赤い。

カーディガンの襟から覗く首元まで赤い。

何度も何度も、小さく首を振って。

近くに立っている僕にも気づかないほど、狼狽しきっている。


――痴漢だ！

僕と彼女の距離は1メートルほど。あいだに大学生風のカップルがいて、ずっとおしゃべりしている。痴漢はその隣にいる、背広のおっさんだ。彼女とは逆方向を向いていて、一見無関係に見えるのだが、つり革に掴まってない左手がもぞもぞと不自然に動いている。そのたびに、彼女が怯えた子犬のように震えるのがわかった。

――卑怯なこと、しやがって。

拳に力が入った。痴漢はもちろん許せないけど、さらに許せないのは、薄葉さんを狙ったことだ。おっさんの目の前では、派手なメイクのギャルがスマホを弄っている。シャツのボタンを大胆に開けていて、やたらとスカートが短い。距離的に近いのも、目立つのも、ギャルのほうだ。それでも薄葉さんをねらったってことは――つまり、大声を出せそうにない子だからってことだろう？

許せなかった。

毎週教室にお花を飾って、それを誰にも言わない薄葉さんの控えめな性格を踏みにじられたように感じた。

絶対に許せない。

すぐに手を掴んで「痴漢です！」って叫んでやりたかったけれど、どうにか、我慢した。

それはダメだ。その方法はダメだ。薄葉さんが目立ってしまう。薄葉さんが乗客の視線に晒されてしまう。それは絶対、彼女が望むところじゃない。

じゃあ、見て見ぬふりをするのか？

——嫌だ。

さっき呉羽さんから逃げた苦い経験が、僕を駆り立てている。もうこれ以上、自分に失望したくない。何より、あんな優しい薄葉さんをこのままにしておけない。

しかし、どうする？

薄葉さんを傷つけず、彼女を救い出す方法は？

……………。

少し考えた後、僕はひとつのアイディアを実行に移した。

「すみません、あの！」

僕が声をかけたのは、痴漢——ではなく、僕と薄葉さんのあいだにいる大学生カップルのほうだ。

薄葉さんがはっと顔をあげる。

前髪の向こうの瞳（ひとみ）が、驚きに見開かれるのがわかった。

「そこにいる僕の友達が苦しそうなんで。少しだけ離れてもらえますか？」

カップルは「ごめんね」と半歩の距離を取った。

あわてたのは、おっさんだった。

痴漢していた手を持ち上げ、両手でつり革に摑まった。

僕は移動して、薄葉さんとおっさんのあいだに体をねじ込んだ。

脂ぎった顔を、思い切りにらみつけてやった。

——その顔、覚えたからな。

視線でそう宣告した。

おっさんは気まずそうに何度も咳払（せきばら）いをした。僕と目を合わせず、ずっとうつむいていた。次の駅についてドアが開くと、逃げるように降りていった。

痴漢が去った後、薄葉さんがささやいた。

「……あっ、ありがとうございました……」

「気にしないで、いいから」

僕はやっぱり、彼女の顔を見られない。

まだ心臓がバクバクいってる。痴漢と対決するなんて、人生で初めてだ。きっと顔も赤いだろう。似合わないことをした自覚があって、なんだか気恥ずかしくて——彼女のほうを振り向けなかった。

「勝手に友達ってことにして、ごめん」

「……あっ、いえ……」

それきり、彼女は沈黙した。

僕も口を開かず、車内の吊り広告を読むことに集中した。

ちらちらと頬に感じる彼女の視線が、とてもくすぐったかった。

◆

僕が降りると、彼女も降りた。

人の波に乗ってホームの階段を上ろうとしたら、後ろからブレザーの裾を引かれた。

「ほ、ほんとに、本当にありがとうございましたっ」

彼女はうつむいたままお礼を言った。声は弱々しいけど、僕のブレザーをぎゅっと摘まんだその指には強い力がこもっている。

「災難だったね」

「はっ、はい……」

まだ少し、声に怯えが残っている。

「ああいうの、よく遭うの？」

「いっ、いえ。今日はたまたま買い物帰りで」

「さっきの電車には、もう乗らないほうがいいかもね」

こくん、と彼女は頷いた。

「駅員さんに言っておくよ。痴漢が出てるから注意してくれって。あのおっさんの特徴も伝えとく」

「……」

「今日のことは忘れよう。誰にも言わないし、僕も見なかったことにするからさ――じゃあ、これで」

僕は早足で歩き出した。

薄葉さんの指が、ぷちん、と糸が切れるように離れる。

その瞬間「あっ……」と寂しそうにつぶやいた彼女の声が、やけに耳に残った。

ホームの階段を下りていく、その時。

「あっ、あのっっ!!」

びっくりするほどの大声に思わず振り向くと、今にも泣きそうな顔の薄葉さんがいた。

「どうしたの？　もしかしてどこか痛む？」

「い、いえっ、そうじゃなくて、あのっ……」

その声がどんどん小さくなっていく。白い指をもちゃもちゃと絡ませて。その仕草は、さっきの教室の呉羽さんを彷彿とさせる。親友同士で、仕草も似るんだろうか。

「もっ、茂木くん。ぜっ、ぜひ、お礼がしたいので……こ、この後、一緒に、お茶でも、い、いかがで、しょうかっ……！」

言い終えた後、薄葉さんは細い肩を激しく上下させた。まるでフルマラソンを走りきった後みたいだ。「一緒にお茶でも」。たったそれだけを言うために、からだじゅうの勇気を振り絞ったのだろう。

この勇気を踏みにじる理由は、どこにもない。

「うん、いいよ。僕で良ければ……」

薄葉さんの真っ赤な顔に、安堵の笑みがみるみる広がっていった。
それはまるで、萎れていた花が瑞々しくよみがえっていくみたいで――。

やっぱり、可愛いな……。

どうしてこんな可愛い子が、クラスで埋もれているんだろう？

■3

僕らが入ったのは、駅前にあるクレープ店だ。

最初はカフェに行こうとしたんだけど、その途中、生地が焼ける甘ったるい匂いが鼻をくすぐってきた。ちょうど女の子二人組が店から出てきて、フルーツがざくざく盛られたクレープを持ってきゃあきゃあ言いながら歩き去って行く。

薄葉さんの視線が、彼女たちを追いかける。

小鼻がひくん、と動くのが見えた。

「もしかして、クレープのほうがいい？」

「えっ？　あ、いえっ」

「イートインもあるみたいだし、こっちにしようか」

注文口の前に立って、女性の店員さんが差し出したメニューを確認する。僕はチョコバナナクレープにアーモンドトッピングを注文して、薄葉さんも「お、同じので」と続いた。ほどなくして、メガホンみたいに大きなブツが僕らの手に届けられた。バニラエッセンスの甘々な香りにクラクラさせられる。ただの甘いものならこんなにときめかない。クレープって、女のコの食べ物だよな。

「ごめんなさい、わたしの好きなものになっちゃって」

「いや、僕だけじゃこういう店に入れないからさ」

実は一度、入ってみたかった店なのだ。だけど男一人じゃ無理すぎるよな、なんてあきらめてて。だから本当にいい機会だった。

「あの、せめてお金、出させてください」

「いやいや、それは悪いよ」

「お願いします。本当に、お願いします。そうじゃないと、わたしの気がすまないんですっ」

頑として譲らないので、今回はごちそうしてもらうことにした。痴漢の件のお礼ってことなんだろうけど、クレープって安い食べ物じゃない。優しいだけじゃなくて、すごく律儀なんだな。薄葉さん。

僕らは奥のボックス席に座った。

向かい合って、ほっとひと息──。

「…………」

「…………」

お互い、沈黙が続く。

なにしろ僕らはほとんど初対面のようなもの。話したのはあの踊り場での一度きりで、教室では話したことがない。そして、僕は決して会話が得意なほうじゃない。

間を持たせるため、とりあえずクレープにかぶりついた。

「わっ、うまっ」

思わず声に出してしまった。え、なにこれうまい。新鮮なホイップクリームが舌の上で溶けて、そこにチョコのほろ苦さが追っかけてくる。ぱりっ、ぱりっとしたスライスアーモンドが香ばしい。甘い。ほろ苦い。香ばしい。このスイートな循環で永遠に食べられそうだ。専門店のクレープってこんな美味しいのか。

「ね、薄葉さん、これガチでうまくない？」

思わず声をかけると、彼女もまた、一生懸命クレープにかぶりついていた。小さな口をがんばって大きく開けて、はむはむもぐもぐしてる。

「ご、ごめんなさいっ、おなかぺこぺこだったんですっ」

「あはは、僕もだよ」

二人してクレープを頬張った。

僕より先に食べ終わった薄葉さんは、自分の右手人差し指をじっと見つめた。

真珠ひとつぶくらいの生クリームがちょん、と爪に乗っかっている。

薄葉さんは宝物を見つけた子供みたいにぱぁっと表情を輝かせ、はむんっ、とそのクリームをなめてしまった。

僕の視線に気づくと、恥ずかしそうに右手の指を左手のなかに隠した。

「ごっ、ごめんなさい。お行儀が悪くて。甘いもの、ほんとうに好きで」

「…………ぷっ」

彼女に、悪いと思いつつ、噴き出してしまった。

「わ、笑わないでくださいよぅっ」

「ご、ごめんっ、ぷっ、ふふふ、くくっ……」

「……もうっ、茂木くん……」

薄葉さんは可愛らしくむくれた。でも、それは長続きしなかった。笑う僕につられたのか、しゃっくりするみたいに噴き出した。二人でしばらく笑い続けた。

笑いが収まるころにはもう、気まずい空気はどこかに消え去っていた。

「あの、茂木くん。さっきは本当にありがとうございました」

「いいって。当然のことをしたまでだからさ」

「いいえ、なかなかできないことだと思います。わたしの目の前にいたおばさんも、見て見ぬふりしてましたし。普通は怖くて、なかなか助けてくれないですよ。すごい勇気です」

「そう言ってもらえると嬉しいけど……僕は、全然そんなんじゃないよ」

勇気がある、なんて。

今の僕に一番ふさわしくない言葉だ。

「実は僕、さっき憧れてる女の子から逃げてきちゃって」

ぽろっ、と口から零れ出ていた。

言ってから、焦った。なぜ、こんなことを告白してるんだろう。まだ友達にもなっていないクラスメイトに。それも女の子に。

けど、一度話したからには止まれない。いや、本音を言えば、話したかった。誰かに聞いてもらいたいっていう気持ちが、僕のなかにあったんだと思う。

「僕、今クラスで変な立ち位置になっててさ。『福助詣で』って知ってる？」

薄葉さんは控えめに頷いた。

「僕に願掛けしたら恋愛が成就するんだって。なんの根拠もない、まぁ、ジンクスなんてそんなものかもしれないけど——そこに今日、僕が憧れてる女の子が来ちゃってさ。僕、思わず逃げちゃって。それが本当に情けなくってさ……」

薄葉さんは一言も挟まずに、何度も頷きながら聞いてくれた。

話し終わると、小さな声で言った。

「わたしも、おなじです」

「薄葉さんも？」

「いまだにわたし、クラスの人とまともにしゃべれてなくて。いつもびくびくおどおど、ハツカネズミ並みの心拍数で高校生活を送ってて」

「ハツカネズミ、かあ」

表現がユニークだった。ハツカネズミの心拍数は知らないけど、確かに薄葉さん、気の弱い小動物っぽい雰囲気がある。

「こんなにしゃべったのも、高校入学してから初めてです。……さっ、酸欠になりそうっ」

「だっ大丈夫？」

新しいお水を取ってきて、青白い顔をしている彼女に渡した。

こくこく、と彼女は白い喉を動かして飲み干した。

「えへ。おいしい」

はにかむような笑顔に、胸がまた「トクン」と鳴る。

どうしてこんな可愛い子に、みんなは気づかないんだろう？

「その、わたしマンガやアニメが好きで、よく見るんですけど……」

「うん、うん」

おそるおそる彼女は切り出した。オタク系趣味の話題は地雷になることも多い。「大丈夫だよ」という意味をこめてしっかり相づちを打つ。彼女の表情が少しだけ和らいだ。

「アニメだと、わたしみたいなぼっちって、実はガールズバンドの超上手いギタリストやってますとか、実は超人気Vの中の人ですとか、そういうオプションが用意されがちですけど」

「ないの？」

「ないです。ギター、触ったこともありません。Vは少しだけやってたんですけど」

「え、すごいじゃん」

「コメント欄とすら会話できなくて、誰も来なくなって……チャンネル閉鎖しました」

「……そっか」

閉鎖は悲しいけど、ネットでだけ饒舌で明るくなる薄葉さんっていうのもイメージできないので、仕方ないのかもしれない。

「ていうか、この喩えで通じてますか？　茂木くんひいてませんか？」

「うん。僕もけっこうアニメ見るから。ひいたりしないよ」

アニメトークだったら、僕だって望むところだ。

「それを言ったら僕も変わらないよ。僕みたいなモブって、実は陰の実力者とか、本気出したらケンカ最強とか、そういう設定がありがちだけど」

「……ないんですか？」

「ないない。陰の実力者どころか、単に影が薄いだけのモブキャラだよ。勉強もスポーツも人並み。中学までやってたバスケもずっとベンチ。現実って甘くないよね」

僕は笑ったけど、彼女は笑わなかった。

大真面目な顔で言った。

「でも茂木くんは、クラスのみんなから信頼されてると思いますよ」

「……そうかな」

「だって、『福助詣で』に来るひとたちは、茂木くんに好きなひとの名前を言っちゃうんですよね？　それって、信頼されてないとありえなくないですか？」

なんだか照れくさくて、鼻の頭を掻いた。

「でも、現実の僕はこんなだよ。人と話すとき、緊張するし」

「わたしもですよ。誰と話すときも、いつも最初に『あっ』『えっ』『うっ』てつけないと話せなくて」

「はは、わかる。一生『ア行製造機』みたいになるよね」

今度は薄葉さんも笑ってくれた。

「でも、今はなんだか、すごく自然に話せてます」

「そういえば、僕も」

薄葉さんとは、普通に話せている。

前髪でそのつぶらな瞳が隠れがちなのも、あるかもしれないけど——。

あの呉羽さんにもひけをとらない、めちゃめちゃ可愛い女の子が相手なのに、つっかえず、あがらず、普通におしゃべりを楽しめている。

女の子とふたりきりで、こんな時間をすごせるなんて。

僕の人生で初めてじゃないか？

「いつからでしょうね」

彼女は言った。

「いつから、世界を怖いところだって思うようになっちゃったんでしょうね」

「怖い、か……」

この世界は、怖いところ。

僕はそこまで思ってなかったけれど、言われてみれば、根っこにあるのは「恐怖」かもしれない。人から嫌われるのが怖い、という恐怖だ。

みんなから嫌われるのが怖い。

憧れの子に嫌われるのが、怖い――。

「あした、呉羽さんに謝らなきゃ」

ぽろっと言ってから、「しまった」と思った。

薄葉さんは小首を傾げて、

「さっき言ってた『女の子』って、結愛ちゃんのことなんですか」

「あー、うん……その……」

僕は頭を掻いた。今さらごまかしはきかない。

「いや、僕なんかには高望みすぎるって、笑われるかもしれないけど。ちょっと憧れてるんだ。キラキラしてて、眩しくて」

「笑いませんよ。……わたしだって似たような感じですから」

ふっ、と薄葉さんの目が寂しそうに泳いだ。

それは、教室でよく見かける薄葉さんの目つきだった。

クラスで一番のヒーローの背中を追いかけるときの、あの遠い目つき。

「あの、さ」

少しためらってから、踏み込んだ。

「違ってたら悪いけど……それって、藤崎勇星のこと？」

たちまち、薄葉さんの頬が真っ赤に染まった。

口をはくはく、開いたり閉じたりして。

「え、え、ど、どうして……？」

「時々、じーっと見つめてたからさ。あいつとは親友だから、僕でよければ力になるけど」

薄葉さんは全力で首を横に振った。

「ちちち、ちがいますっ。藤崎くんはすごい人だって思いますけど、わ、わたしが見てたのはっ、そのっ」

「ん？」

「あ、う、ぅ〜……。そ、その、ともかく、ちがうんですっ！」

力いっぱい否定されてしまったけれど——これだけ照れてたら、もう正解ってことだろう。このパターンも、今まで何度か経験してきた。勇星を好きになる女の子のなかには、彼女のような恥ずかしがり屋もたくさんいたから。

「僕はさ、呉羽さんのこと彼女にしたいとか、そんな大それたことじゃなくていいんだ。まず、ちゃんと目を見て話せるようになりたい。普通に、あがらずにつっかえずに、堂々と話せたらって」

「……わたしも、同じです」

薄葉さんはうつむきながら言った。

「す、好きな男の子が相手でも、うつむいたりせず、はっきりと気持ちを伝えられたら、そんな自分になれたらいいなって」

「本当、そうだね」

僕と薄葉さんはよく似ている。

目的も重なっている、そう思えた。

思い切って、僕は切り出してみた。

「あの、さ」

「はい」

薄葉さんが顔をあげる。

「目的が一緒なんだったら、僕たち、協力しあわない？」

「きょう、りょく？」

目を丸くする薄葉さんに、僕は頷（うなず）いた。

「協力して、練習するんだ。僕は呉羽さんとちゃんと話せるようになる練習。薄葉さんは、勇星と話せるようになる練習。一緒にやってみない？」

僕が呉羽さんの前であがってしまうのは、やっぱり、圧倒的な経験不足によるものが大きい。女の子と話すことにそもそも慣れていないのだ。

それが自分の性格なんだって、半ばあきらめていたけれど。

もし、一緒に練習してくれる女友達がいたら、どうだろう？

「いいですね、練習」

薄葉さんは微笑みを浮かべた。

「藤崎くんに限らず、誰とでもふつうに話せるようになれたら、素敵だなって思います」

「ふつうに、か」

それは、僕がなりたい「ふつう」でもあった。

相手が呉羽さんみたいなキラキラ女子でも、堂々と臆せずに話せるような自分、そんな自分に僕はなりたい。

薄葉さんも、きっと同じ思いなんだろう。

「一緒にがんばろう。一緒に『ふつう』になろうよ。薄葉さん」

握手を求めて、僕は手を差し出した。

すると薄葉さんは真っ赤になって、もじもじと体を左右に揺すった。前髪もさらさら、ゆらゆら。……え、なにこの可愛いメトロノーム。

「こっ、こちらこそ、よろしくお願いしますっ！」

甘い匂いの漂うクレープ店で、僕らは固い握手をかわしあう。

こうして。

僕たちは友達になった。

初めての女友達。

姉さんが言うところの「ガールフレンド」ができた瞬間だった。

□■あまりちゃんのお風呂タイム1■□

「はぁ……」


いつもより熱めにしたシャワーを浴びると、薄葉あまりの唇から吐息が漏れた。

バスルームに流れるのは、春の新番アニメで一番のお気に入りのオープニングテーマだ。

高校に入って一人暮らしを始めてからというもの、入浴するときはスマホでアニソンを聴きながら、というのがあまりの日課になっている。シャンプーしている時、後ろに幽霊が立っている――そんな子供じみた怪談をいまだに怖がっている、わけではない、はずなのに、一人暮らしだと、やっぱりどこか不安だった。


疲れた体をバスタブに沈める。

一日の疲れがお湯のなかに溶けていく。

今日の入浴剤はピーチ&ホワイトティー。限りなく白に近い桃色のお湯から漂う甘やかな香りは、疲れた精神をリラックスさせてくれる。

幼なじみの結愛がくれたプレゼントだ。

最初は紅茶かと思って飲もうとしたら、笑われてしまった。

「だってティーって書いてありますっ」ってむくれたら、「もう、あまりちゃん可愛いなあ」なんて、なでりこなでりこされた。世界一可愛い女の子（と、あまりは子供の頃から信じている）から「可愛い」なんて言われると、すごく恥ずかしい。


（今日は、いろいろあったな……）


白桃のお湯のなかでふわふわにとろけながら、あまりは今日の出来事を回想する。

電車のなかで痴漢にあった時、ものすごく怖かった。初めての経験だった。自分みたいに地味で可愛くない子のところには来ないんだって勝手に思い込んでいたけれど、それは間違いだったことを思い知った。

怖くて、怖くて。

震えるしかできなくて――。

そのとき助けてくれたのが、「彼」だった。クラスでは無口なほうの彼だけど、本当はすごく優しいひとだってことをあまりは知っている。助け方にも、その心根が滲み出ていた。あまりが恥ずかしい思いをしなくて済むよう、事を荒立てない方法を選んでくれたのだ。

（えへへ、手とか、にぎっちゃった……っ♪）


お湯のなかで、にぎにぎ、ぐーぱーを繰り返す。

彼のぬくもりが、今でもこの手のひらに残っている気がする。


（しかも、いっぱい、いっぱい、おしゃべりできちゃったし――）


声が少しかすれている。

いつもあんなにしゃべらないから、喉がびっくりしてる。

茂木福助くん。

男子とふたりでクレープ屋さんに入るなんて、まさか自分にそんなイベントが起きるなんて思ってなかった。事実は小説よりも奇なりってこういうことなんだと、初めて知った。

生まれて初めてだと思う。

男の子とあんなにしゃべったのは。

何を話していいのかわからなくて、最初はずっとうつむいていた。きっかけはクレープだった。あまりに美味しすぎて一心不乱に食べていたら、彼に笑われた。その彼の唇にもクリームがついていた。なんだかおかしくなって、自分も噴き出してしまった。

その後のクレープは、なぜか、さらに甘く感じて。

（アニメの話しちゃって、ひかれなくてよかったぁ……）

なんであんな話題しかなかったかなあ、なんて自己嫌悪。

沈黙が怖くて、自分が話せることなんてアニメや漫画くらいしかなくて、だからあんな会話になってしまったけど、彼が乗ってくれてよかった。

もしかしたら、気を遣ってくれただけかもしれない。

彼が、あまりがずっと思い続けていた通りのひとなのだとしたら、話題を合わせてくれただけなのかも、とも思う。

それでも、楽しいひとときだった。

（茂木くんが、あんな風に思ってたなんて、意外だったな）

あまりから見た「茂木福助」は、クラスメイトから一目置かれている存在だった。目立って活躍するタイプではないけれど、「彼がいると安心する」「場が和む」、そんな潤滑油みたいな存在。自分のように「ちょっと変わった観葉植物」「時々ぷるぷるしています」みたいな存在とは違うと、あまりは思っていたのだ。

それが、自分と同じような悩みを抱えていたなんて。

片思いの悩み。

（結愛ちゃんがモテるのは、今に始まったことじゃないけど……）

幼なじみとして、あまりはずっと呉羽結愛の近くにいた。だから知っている。結愛を好きにならない男の子のほうが少ないのだ。同じクラスの男の子全員が、彼女を好きになることだって、珍しいことじゃなかった。

ただ――。

『呉羽さんのこと彼女にしたいとか、そんな大それたことじゃなくていいんだ』

『まず、ちゃんと目を見て話せるようになりたい』

『普通に、あがらずにつっかえずに、堂々と話せたらって』


こんな風に言った男の子は、彼が初めてだ。

学校で一番モテる女の子の親友として生きてきたあまりは、これまで数々の恋が破れるのを目の当たりにしてきた。強引に結愛と付き合おうとした男もいる。なかには、「俺と付き合わないなら、薄葉あまりをハブる」こんなことを言ってきた男すら、いた。恋は人を狂わせるし、それ以上に「恋のためならなんでもやっていい」と考える人間が大勢いることを、あまりは知っている。

そんな人たちと比べて、彼の願いは、なんてささやかなんだろう。

彼氏の座を狙うわけでもなく。

まずはお友達から、というわけでもなく。

ちゃんと目を見て話せるようになりたい、なんて。

その時、バスルームに流れていたアニソンがふいに途切れた。ラインの着信音が鳴り響く。

結愛からのメッセージだった。

結愛：なんか今日、茂木くんに避けられちゃった
結愛：私、嫌われてるのかな。つらっ（涙

　思わずあまりは苦笑いした。


（結愛ちゃんは結愛ちゃんで、気にしてたんだな）

（このラインのこと、茂木くんに教えてあげたいけど……）


　まさか転送するわけにもいかない。

　結愛だって、ぺらぺらと話してほしくはないだろう。

　ただ、彼にはわかってほしい。あなたは、自分が思うより、周りのひとに良い影響を与えているんだよって。

　たとえば、わたしがそうなんだから。


「……もぎ、ふくすけ、くん……」

声に出してみる。
心まであったかくする、その名前。
その名前は、とくん、と、静かな波のようにあまりの心に広がっていく。
ゆるやかに、じんわりと、心を温かくしていく。

あの日——。
はじめて「彼」に出会ったあの日のことは、今でもあまりの脳裏に焼き付いている。
あの勇気。
あの笑顔。
今でも、鮮明に思い出せる。
つらいことがあったときに彼のことを思い出すと、いつも励まされる気持ちになった。

「……ふくすけ、くん……」

とろとろとした、甘い声が出る。

彼の名を呼ぶときだけ、あまりの声は、そんな風になる。

その彼と、友達に、なれるなんて。

一緒に、同じ目標に向かって、がんばれるなんて。

こんな幸せなことが、あっていいんだろうか――。

40
40

■4

さて——。

薄葉さんと「ふつうになる練習」をすることになった僕だけれど。

具体的に、何をどう練習すればいいんだろう？

共感ゲージが爆上がりして言い出してみたはいいけれど、具体的な方法は何も思いつかない。昨夜「ふつうに生きる」で動画サイトを検索してみたら自己啓発系のチャンネルばかり出てきて、思わず悟りを開きそうになった。こういうのじゃないよな絶対。「茂木くん、世界は愛で満ちているんです」とか言い出す薄葉さんはちょっと怖い。


「むむむ……？」


朝の食卓。

唸（うな）りながら納豆をかき混ぜていると、姉さんが首を傾げた。

「どしたのフクちゃん。朝から考え込んじゃって」

「ちょっと、人類の幸福について考えてて」

「それはそれは、ソーダイだねえ」

熱い梅こぶ茶をずずっとすする姉さん、「はーっ」とババくさいため息を吐き出す。最近昭和しぐさが目立つけれど、こう見えてファッション誌の編集者。「相談してみようかな」なんてちらりと思ったりするけど、家族に女の子がらみの相談を持ちかけるのは気恥ずかしさが勝る。

「でもフクちゃん。今、いい顔してるかも」

「えっ、そう?」

「何か真剣に取り組んでいる時の顔っていうか。バスケやってた時みたいな顔になってるよ!」

なんて言いながらサムズアップしてくる姉さんは意味がわからないけれど……確かにひさしぶりかもしれない。こんな風に真剣に考えて、何かを実行に移そうとしてるのって。

「高校で打ち込めるもの、見つかったんだ?」

「……まあね」

今までの人生、ずっとモブで生きてきた僕が「ふつう」になる。

憧(あこが)れの女の子と仲良くなる。

それはもしかしたら、バスケで全国優勝すること以上に大変なことかもしれないけれど。

ひとりじゃなくて、ふたりでなら――。

「とりあえず、呉羽さんに昨日のことを謝るところからかな」

「なに？　だあれ、クレハさんって」

「女神様」

「それはそれは、イダイだねえ」

姉さんがシーシー爪楊枝を使う音を聞きながら、僕は教室の女神様に話しかける対策を練るため脳内会議を始めた。

◆

――で。

登校中も延々と脳内会議を繰り返した結果。

なんにも、思いつき、ません、でした。

……。

そもそもこんなの「勇気を出す」以外の方法なんて何もないのである。

昨日薄葉さんに「呉羽さんに謝る」と言ったからには、絶対に実行しなくてはならない。

善は急げ、兵は拙速を尊ぶ。朝一番で謝って、このモヤモヤした気持ちにさっさとケリをつけようと決めた。

決意を胸に教室に入ると、女神こと呉羽さんはすでに登校していて、友達とおしゃべりしていた。今日もやっぱりメガメガミンミンしてる。可愛い。窓から差し込む朝陽を長いまつげがきらきらと反射して、くすくす笑うたびに亜麻色の髪が躍る。もし太陽がＪＫだったらこんな感じに違いないと確信させるだけのサンサンサンバに満ち満ちている。もう、自分でも何言ってるのかわからない。ｋａｗａｉｉ。

……。

…………………。

ほ、放課後とかでもいいかな？

なんて怖じ気づきそうになるけど、さすがに二日連続で逃亡は自尊心の許容ラインを越えている。行かねば。行かねば。

胸に手をあてて心を落ち着かせる。

もう一度、呉羽さんのほうを向き直る。

すぅ、と息を胸いっぱいに吸い込む。

はぁ、と吐き出す。

「……」

もう一度、吸う。

はぁ、吐き出す——。

「何してんの？」

黒ブチメガネの秋山くんに声をかけられた。とっさに答える。「ら、ラジオ体操」。秋山くんはへえ、と頷き、「ぼくもやろー」と、僕の隣で深呼吸をはじめた。

「「すぅ……」」

「「はぁ……」」

……いや。だから何やってんだ僕。

とっとと行け僕、さっさと行け僕、昨日薄葉さんに宣言しただろ！

そうして一歩を踏み出そうとした矢先、ふいに、呉羽さんがこちらを振り向いた。

ばちこーん。

そんな音が虚空で鳴ったような気がした。

そのくらい、ばっちり、正面から目があった。

呉羽さんは一瞬、驚いたような顔をして、それから何故か、恥じらうような笑みを浮かべて、僕に向かってウインクした。

ゆあんっ♥

喩(たと)えるならそんな擬音？　あるいは効果音？　が、僕の頭の中に鳴り響いた。アニメの世界に毒されすぎかもしれないが聞こえたものはしかたがない。ウインクに音がついてるなんて聞いてない。何故ウインクされたのかもわからない。ゆあんっ♥　ゆやんっ♥　ゆよんっ♥　なんかまだ木霊(こだま)してる。

そんな「陰キャ男子絶対殺ス女子」みたいな……。

こんな高嶺(たかね)すぎる女神に今から話しかけに行くのかと思ったら、膝(ひざ)ががくがく震えて止まらなくなった。なんか隣で秋山くんも一緒に震えてる。「ももも茂木くんのららラジオ体操はれれれ令和だねえ」。……いやごめん。僕はそこまで新しくない。

やっぱりやめようか、なんて弱気がよぎったとき——呉羽さんの背後に水色のヘッドホンが見えた。

薄葉さん。

今日もすでに登校してきている。

僕と目が合うと、薄葉さんはちっちゃく「うんっ」と頷いた。その控えめな、可愛らし

い仕草を見て——僕の心に勇気がわいた。一緒に『ふつう』になろうって言い合った女の子が見ている前で、みっともないことはできない。そう思えた。

よし行け！

「呉羽さん！」

「はっ、はいっ？」

僕が急に出てきたせいで、呉羽さんは直立不動になった。近くの女子二人がニマニマ笑いながらすごい速さで離れていく。なんか「ガンバッて！」みたいなポーズまでされて。周りの視線も僕らに集まって——えっ、もしかしてコクると思われてる⁉　いや違うって！　と、言いたいところだけど今さら後には引けない。

「呉羽さん、ごめんっ！」

勢い込んで頭を下げた。

「な、なんのこと？」

「きのう、ろくに話も聞かずに帰っちゃって、本当にごめんっ！」

呉羽さんはその大きな目をぱち、ぱちと瞬き（まばた）させて僕を見つめた。

「なんだ、そんなこと？　ぜーんぜん気にしてないよ！　私のほうこそゴメンね。いきなり話しかけて」

胸の前でさかんに左手を振ってる。気にしてない気にしてない、その大きな手振りに呉羽さんの気遣いが表れている。

「それで、その、僕に話があるんなら、放課後にでも改めて聞くけど」

「じゃあお言葉に甘えて、今言っちゃってもいい？」

「いっ、今⁉」

それはまずいんじゃないか。

教室じゅうの注目が僕らに集まっている。こんな状況で「福助詣で」しても、好きな男子の名前を明かしても、呉羽さんは平気なのだろうか？

「私、ずっと謝りたかったの。茂木くんに」

「……えっ？　謝る？」

「ほら、例の『福助詣で』のこと。あれって、私が『縁起の良い名前だね』って言ったのがきっかけっぽいじゃない？　だからずっと気にしてて。茂木くんに迷惑だったんじゃないかなーって、ね……」

綺麗に磨かれた爪に触れながら、呉羽さんは言った。僕の表情を窺うようにちらり、ちらりと上目遣いをする。誰もが認める美少女なのに、自己評価は意外に低いのかもしれない。

「や、僕は全然気にしてないよ。そもそも呉羽さんのせいじゃないし」

「……ほんと？」

「本当本当。まぁ、御利益までは保証できないけどさ」

胸のなかのわだかまりが溶けていくのを感じた。

結局、僕の早とちりだったわけか……。

「そうだぞ、呉羽！」

僕の後ろからガバッと肩を組んできたのは、勇星だった。バスケ部の朝練を終えてきたらしい。濡れた前髪が束になっていて、肩にスポーツタオルをマントみたいにひっかけている。

「福助はそんなこと、気にするようなやつじゃない。親友の俺が保証する。——ただ、みんながみんなそれに甘えるっていうのは、考えものかもなっ」

クラスメイトの何人かが、ばつが悪そうに顔を見合わせた。以前、福助詣でに来たメンツだ。どうやら彼らにも、気が咎める部分があったらしい。

そのうちのひとり、井上くんと目が合った。彼は最初に僕を拝みに来た男子だ。ツンツンに立たせた前髪とちょっとコワモテな雰囲気で「ヤンキー井上」なんてあだ名されてる。

その井上くんは、気まずそうに一度目をそらした後、神妙な顔で僕の前に進み出た。

「すまん、茂木。チョーシに乗って言いふらしすぎたわ。悪ぃ」

勇星の手前しぶしぶ謝っている――というわけじゃないのは、声と表情でわかった。見た目やんちゃっぽくて、怖そうなんだけど、意外といい人だったのか。

ヤンキー井上くんをきっかけにして、他の面々も僕の前に謝罪の列を作った。どうやら加熱する一方だった「福助詣で」は、今日でひと区切りということになりそうだ。

一年一組。

もしかして、いいクラスなんじゃないか？

今まで僕が深く付き合おうとしてなかっただけで、気持ちのいい連中の集まりなのかもしれない。

ようやく席に戻ると、秋山くんがやり遂げた顔で汗をふいていた。僕に向かって親指をたてて、「茂木くん流ラジオ体操、ＹＥＳだね」。どこまでがラジオ体操だったのか、もう自分でもわからない。

薄葉さんのほうに視線をやると、彼女はいつも通り猫背ぎみに座ってヘッドホンを装着している。

ほんの少し――。

いつもは机に埋もれている顔がわずかに持ち上がって、前髪に隠れた瞳（ひとみ）が僕を見つめるのがわかった。
カーディガンの袖からにゅっ、と白い手を覗かせる。
その小さな手が、恥ずかしそうなピースサインを形作る。
僕もこっそり、ピースサインを送る。
二人して、密かに笑みをかわしあう。

こうして、僕たちは、最初の戦果をあげたのである。

◆

僕と薄葉さんは、屋上へと続く階段の踊り場で落ち合った。
誰も来ないここは、僕らの「秘密会議」の場所としてうってつけだ。
階段にタオルを敷いて、二人で並んで腰掛けて――。

「うまくいってよかったですね茂木くんっ」

ぽふぽふ、とカーディガンの余り袖をたたき合わせて拍手してくれる薄葉さん。頬がゆるゆるにゆるんでいて、自分のことみたいに喜んでくれているのが伝わってくる。

「ありがとう。薄葉さんが勇気づけてくれたおかげだよ」

僕の声も明るくなる。思いがけずクラスメイトの良いところも知れて、言うことなしだ。

「あ、でもひとつ、疑問に思ったんだけど」

「はい？」

「呉羽さんと目が合った時、いきなりウインクされたんだ。あれはなんだったんだろう？」

ああ、と薄葉さんは頷いた。

「結愛ちゃんのクセなんです。緊張したり、びっくりしたりすると、反射的に片目をつむっちゃうんです。ぱちんって」

「クセだったんだ……」

危険なクセだなあ。

あんな可愛い子に突然ウインクされたら、目が飛び出るか心臓が飛び出るか、どちらかひとつだと思う。男子の惨殺死体が量産される。

「それにしても、さすが幼なじみだね。よく知ってるんだ」

「結愛ちゃんハカセですからね、わたし」

彼女にしては珍しく、ちょっぴり自信ありげに言った。

「茂木くんだって、あの藤崎くんにすごく信頼されてるんですね。みんなの前で『親友』って言い切るなんて、なかなかないですよ」

「ちょっと照れくさいけどね」

勇星はそういうの気にしない。いつでもどこでも誰にでも、直球勝負真っ向勝負である。

「さあ、次は薄葉さんが勇星に話しかける番だね」

「……うぅ」

薄葉さんは指をイジイジし始めた。

「じ、自信ないです。あんな学校のスターみたいな人と、ちゃんと目を見て話せるかなあ」

「大丈夫だって。まず僕が勇星に紹介するからさ。軽く雑談するみたいな感じで気楽にいこうよ」

なんて励ましてはみたものの、簡単じゃないってことはわかる。

「じゃあ、今からちょっと練習してみない？　目を見て話す練習」

「茂木くんと、ですか？」

「そう。僕を勇星だと思ってさ。ちゃんと目を見て、話しかけてみてよ」

曇っていた薄葉さんの表情が、雲が晴れていくように明るくなった。

「じゃあ――こんにちは、茂木くんっ」

「うん。こんにちは」

前髪に半ば隠れた瞳が、僕の瞳をまっすぐに見つめる。

あまあまりんりん♪　と、見るものを和ませる何かが宿った瞳だった。

トクン、という音が僕の胸のなかで鳴る。

ゆあんっ♥を喰らった時みたいな「ドックン！」って感じじゃない。「トクン、トクン」。

透明なしずくが滴るみたいに、静かな鼓動。

「…………」

「…………」

次の言葉がなかなか出てこない。

ただただ、僕らは見つめあうばかり。

薄葉さんの瞳にうっすら涙の膜がかかっていて、僕の顔がそこに映っていて――うわ、真っ赤じゃん僕。薄葉さんの頰も同じくらい赤くて、なんだか胸がむずがゆくなる。もじもじ。カーディガンの余り袖が揺れるたび、僕の心もくすぐられるみたいだ。

「は、話しかけないの？」

彼女は「あ」って小さく口を開いて、

「ごっ、ごめんなさい。なにを話せばいいか、わからなくて」

「なんでもいいと思うよ。勇星ならちゃんと返してくれると思うし」

「わたし、そういうフリートークが一番苦手で」

「……それもそうか」

確かに、僕も「話題フリーでなにか呉羽さんとしゃべれ」って言われたら困る。コミュ障は何かお題がないとしゃべれないのである。

「共通の趣味でもあれば、その話題で盛り上がれるんだけどな」

「藤崎くんの趣味って？」

「バスケ」

「他には？」

「バスケットシューズ集め」

「ほ、他には？」

「………ない、かな」

小五の時にミニバスのチームに入って、それ以来ずーっとバスケひとすじである。部屋はバスケ雑誌とバッシュにあふれていて、壁に取り付けられたおもちゃのバスケットリングに玉入れして暇をつぶしてる。

「ベタだけど、『朝ごはん何たべた？』って話題はどうかな」

「朝ごはん……」

薄葉さんは考え込むように、ん、と下を向いた。

それから、お尻（しり）をずらすようにして僕のすぐ近くまで移動して——。

「のりたま」

「？」

「……のりたま」

ほとんど聞き取れないくらいのかすかな声で、僕の耳元で謎のワードをささやく。

「なんでそんな小さな声なの？」

「だ、だって……恥ずかしいから……」

「……」

君の羞恥心（しゅうちしん）のポイントがよくわからないよ、薄葉さん……。

そして「のりたま」はメニューじゃない。いや、ふりかけもメニューのうちなのか？

わからない。

薄葉さんは顔を赤くしながら、また僕の耳元でささやく。

「しろごはん」

「……」

それは絶対メニューじゃない。

でも、これはこれでいいのか？　「し、しろごはんっ」って、もう一回言い直してる薄葉さん、なんかめちゃくちゃ可愛いし。勇星にもウケるかもしれない。

「ううっ、これじゃ会話が弾まないですよね」

「ん～……」

そのとき、ふっとアイディアが降りてきた。

「そうだ。薄葉さん、漫画は詳しいんだよね？」

「詳しいっていうか、その、好きですけど」

「勇星はそんなに読むほうじゃないけど、バスケ漫画だけはよく読んでるんだ。そっちで攻めてみるのはどう？」

薄葉さんはちっちゃく拳を握った。

「ば、バスケ漫画ならわたしも！　有名どころはほとんど読んでますっ」

「いいね！　放課後になったらすぐ、僕と一緒に勇星のところに行こう」

◆

放課後のチャイムが鳴ると同時に、僕は席を立った。

教室から出て行く先生の背中を確認して、薄葉さんに目配せする。彼女は緊張の面持ちで頷き、僕と合流して歩き出す。

目指すは——ちょうどバッグを担いで教室を出て行こうとしている勇星のところだ。チャイムが鳴って五秒以内に呼び止めないともういなくなってしまう。部活に青春をかけている親友の邪魔をして悪いが、こっちも薄葉さんの青春がかかっている。

「勇星、ちょっといいかな！」

「おっ？　どうした福助」

廊下を大股でずんずん歩く大きな背中を呼び止める。

「まさかバスケ部に入る気になったのか？　俺は大歓迎だぞ。監督も喜ぶと思う」

「いや、そうじゃなくて……」

僕は苦笑する。

「薄葉さんが勇星と話したいって言うからさ」

「ふむ？　珍しい組み合わせだな。お前たち友達になったのか？」

「う、うん。昨日ちょっとね」

経緯にかんしては濁した。

「それは喜ばしいことだな。で、話ってなんだ？」

モブキャラ二人に学校のスター一人、ちぐはぐな取り合わせに廊下の視線が集中する。

特に女子——。

男子の僕はともかく、薄葉さんに対する女子の視線は厳しくて冷たい。きっと勇星のファンなのだろう。こっちを見ながらひそひそと、「何よあの子」「身の程知らず」そんな風に言われてるように感じる。

「っ、あの、わたし……」

うっすらとした悪意を察したのか、薄葉さんは僕の背中で縮こまっている。

「さっき練習した通りにやれば大丈夫だから」

「……っ」

「薄葉さんならできるよ。何かあれば僕が助けに入る。後ろでちゃんと見てるから」

彼女は覚悟を決めるように唾を飲み込み、遥か高い位置にある勇星の顔を見上げた。

「はっ、ははは、はっ、はーっ、はじめましてっ、薄葉あまり、ですっ」

なんかいきなり高笑いしてる人みたいになっちゃったけど、とりあえず挨拶には成功。

「おう、はじめまして！　藤崎勇星だ」

同じクラスなのにはじめましてて？　なんていちいちツッコミをいれず、律儀に返してくれるのが勇星という男である。

「薄葉が声をかけてくるなんて初めてだな。何か用事か？」

「あっ、そのっ、えっと……」

薄葉さんが、ちらり、不安そうに僕を見る。

僕は無言で、力強く頷き返す。

彼女はおそるおそる、勇星の高い位置にある顔を見上げた。

「その、あの、藤崎くんっ、バスケ漫画にくわしいって、茂木くんから聞いて。もし、おもしろそうなのがあったら、教えてほしいなあって」

最後まで言えた！

思わず拍手を送りたくなったけど、今はやめておこう。

勇星はふむ、と考え込むように腕組みをする。

「バスケ漫画か。そうだな。名作はたくさんあるし、どれも捨てがたいが、ひとつだけ挙げろと言われたら、やっぱりスラ――」

おお。

やはり、あの王道タイトルか！

神奈川は湘南を舞台に繰り広げられる超名作バスケマンガ。

あの作品のことなら、僕だっていくらでも語れる。名シーンや名台詞、好きなキャラクター、各ポジションごとの最強選手議論などなど、話題は尽きることがない。薄葉さんも大好きなのだろう、表情が雲間から覗く太陽のように明るくなっている。

だが、勇星の口から出てきたタイトルは――。

「スラ――イム」

「「へっ？」」

僕と薄葉さんの声が重なった。

「スライム・ダンクだ」

前髪ごしにも、薄葉さんの目がぱちくりするのがわかった。

「すっ、スライムさんが、ダンクをするんですか？」

薄葉さん、予想外の事態にスライムを「さん」付け。

「いや。ボールがスライムなんだ」

事もなげに答える勇星。なにその漫画。

「ベビーカーに轢かれて異世界転生した高校バスケ部員が、異世界で大流行してるスライムバスケの選手になるところからストーリーは始まる。仲間のゴブリンやオークたちと友情を育み、ときに練習でお腹をすかせたオークに食われそうになったり、スポーツドリンクと間違ってスライムを飲んで窒息しそうになりながらもどんどん試合を勝ち抜いてだな」

「…………わー、おもしろそう…………」

それだけ言うのが、薄葉さんはやっとだった。「陰キャはアドリブが利かない」の法則に則り、未知のストーリーが繰り出されるたびにへにゃへにゃになって不定形生物になっていく。薄葉さんがスライムになってる。

何か助けになれないかと、手元のスマホでグーグル先生にお尋ねしてみるも——出てこない。どマイナー作品なのか？　よくそんな作品知ってるな親友。

だからって、このまま見捨てるわけにはいかない。

「勇星、ストップストップ」

目をぐるぐる回している薄葉さんをかばって、間に入った。

「そういうエキセントリックな作品じゃなくて、もうちょっと女の子向けの漫画のほうがいいんじゃない？」

勇星はぺしん、と自分の額を叩き、

「それもそうか。すまん薄葉。つい自分基準で考えてしまった」

「あっいえ、そんなっ」

両手を激しく振りつつも、薄葉さんはホッとした表情になった。

「ていうかその『スライム・ダンク』って作者は？」

「うちの従姉妹だが」

なにその、才能に満ちあふれた従姉妹。

「勇星の従姉妹、漫画家なの？」

「いや、彼女が書いてる同人小説だが」

「漫画って最初に言ったよね⁉」

そうだったか？　とボケる勇星。こんな風に、たまに天然入るのがスター唯一の欠点である。そこも可愛くて素敵！　とか女子に言われるポイントでもある。うーんイケメン無罪。

ともかくここはフォローの一手だ。

「ちなみに薄葉さんが一番好きなバスケ漫画はなんなの？」

「あ、わっ、わたしは『白子のバスケ』が好きで」

すかさず勇星が反応した。

「おー、俺も読んでるぞ『白子』。破天荒で面白いよな！」

「はっ、はい、わたしは、ブル峰くんが好きなんですけど」

「俺もだ。ああいう自由奔放なプレイには憧れてしまう」

よし！　話が弾み始めたぞ！

薄葉さんもスライムから人間としての形を取り戻し、時々つっかえながらも会話についていってる。もうこっちのものだ。

後は勇星と二人で話せるよう、僕はこの場を立ち去って――。

……あれ？

後ずさろうとした僕の袖を、薄葉さんがくいっと引っ張った。「行かないで」ってするみたいに、何度もくいくいって引っ張ってる。

二人きりで話せたほうが、いいんじゃないのかな？

まだひとりじゃ不安ってこと？

と、その時。

予想だにしなかったイベントが起きた。

「ね。ね。どうしたの？　なんの話してるの？」

スズメがちゅんっと躍り出るように、呉羽結愛さんが軽やかに話題に入ってきた。まさかの参戦。かつてないほどの近距離で亜麻色の髪がふありと舞い、清潔感のある香りに脳をぐちゃぐちゃにされる。ああ、僕もスライムになりそう。

「なんだかすごく不思議な組み合わせね！　どうして？　いつのまに茂木くんと仲良くなったの？　あまりちゃんずるいよー」

なにがずるいのかよくわからないけど、拗ねてみせるちっちゃくふくらんだ頬が可愛すぎてどうでもよくなった。この可愛さがずるい。

「き、昨日、駅でばったり会って話す機会があったんだ。……ね？　薄葉さん」

必死にこくこくと頷く薄葉さん。呉羽さんの参戦で混乱したのか、いっぱいいっぱいになっている。

呉羽さんは両手をぽんと叩いて「ゆあんっ♥」とした陽のオーラを放ち、

「すごい！　あまりちゃんに友達ができるなんて！　茂木くんすごい！　すごいすごい！」

なんか引くほど称えられている。

呉羽さん、ちょっと涙ぐんでるし。

そんなに珍しいことなのかと。泣くほどのことなのかと。薄葉さんの悲しきヒストリーが伝わってしまう。

勇星は左手にはめたスポーツウォッチを見た。

「すまん薄葉。そろそろ部活に行かなくては」

「あっ、こ、こちらこそ、呼び止めちゃってごめんなさい」

「楽しかったぞ。また話そう」

勇星はドでかいバッグを軽々とかついで走り去っていった。忙しいやつだから、今度捕捉できるのはいつになることやら。

「と、私も、塾に行かなくちゃ」

ピンクの腕時計をした左腕をちゃきっと持ち上げて、呉羽さんは言った。ただ時計を見るだけの仕草なのにどうしてこんなに可愛いんだろう。

そのまま帰るのかと思いきや、彼女はそそっと僕に体を寄せてきた。肩と肩がぴたっ、と触れ合う。「女の子」を強く意識させるその繊細な肩に、大声で叫びたくなった。

「茂木くん。ちょっと、お耳レンタルさせて？」

「――――」

その言い方が可愛すぎて僕の声帯が死ぬ。

「あまりちゃんのこと、よろしくね。ほんとに、ホントに、すっごくいい子だから。仲良くしてあげてね。友達になってあげてね」

僕はただ頷くのが精一杯だった。

そんな感じで、勇星と呉羽さん、二大スターが去った後――。

「と、ともかく、勇星と話せてよかったね薄葉さん」

そう呼びかけると――彼女は金魚みたいに口をパックンパックンさせていた。

「さっ、さんそっ、たくさんしゃべって、さんそがっ」

「だ、大丈夫⁉」

真っ青な顔でふらふらしている薄葉さんをとっさに支える。

周りからじろじろ見られ、ひそひそ言われながら、僕は彼女を保健室へ連れて行った。

■5

酸欠を起こしてふらふらになった薄葉さん。

保健室に運び込んで、養護の先生に診てもらった。

体温と脈を測って「ストレスと過労ね！」というド定番の診断をもらって、念のためベッドで休ませてもらえるようにお願いした。そのあいだ、僕は誰もいない教室で待つことにした。おせっかいかもしれないけど、やっぱり放っておけない。

三十分後——。

西日に照らされた廊下を歩いて彼女を迎えに行くと、ちょうど保健室から空色のヘッドホンがぺこりとお辞儀して出てくるところだった。

「大丈夫？　薄葉さん」

彼女は驚いたように口を小さく開けた。

「茂木くん、待っててくれたんですか？」

「僕だけ帰るわけにいかないよ。今回のは『共同作戦』なんだから」

薄葉さんは照れながら「ありがとうございます」と言った。まだちょっと顔色が悪い。足取りも覚束ない。廊下をゆらゆら〜っと揺れながらさまよう姿はまるでクラゲみたいで可愛いけど、ひとりで帰すのは不安だ。

「駅まで一緒に帰ろうよ。今日の感想会でもしながらさ」

「……はいっ♪」

ほわ～んとマイナスイオン出てそうな笑顔の薄葉さんと一緒に、昇降口へと向かった。

近くの体育館から、ボールが跳ねる音、シューズが床を擦る音、唱和する掛け声、ホイッスルの音とコーチの叱責する声が聞こえてくる。ひときわ目立つ太い声も聞こえる。勇星の声だった。

僕はなるべく体育館を見ないようにしながら靴を履き替える。

校門を出て、駅に向かって、薄葉さんの歩調に合わせてゆっくりと歩いた。

「今日は、成功って言っていいんじゃないかな？」

そんな風に切り出してみた。

「ちゃんと勇星としゃべれてたよ。最初はどうなることかと思ったけど、途中からは普通に会話できてたと思う」

「そう、でしょうか……」

「そうだよ。明日（あした）からは軽く挨拶（あいさつ）できるようにしたいね」

なんて、他人事（ひとごと）みたいに言ってしまったけれど。

僕は明日から、呉羽さんの目をちゃんと見て挨拶できるだろうか？

薄葉さんと呉羽さんは、どちらも同じくらい可愛い。少なくとも僕はそう思っているけれど、その方向性はかなり違う。薄葉さんが人を和ませる癒やし系の可愛さだとすれば、呉羽さんは人の心を浮き立たせるアッパー系の可愛さ。いろんな意味で「あがって」しまうのだ。

「わたし、一対一で話すのはかろうじてできなくもないんですけど、三人以上に増えると途端に何も話せなくって」

「すっごいわかる」

力をこめて頷いた。

「勇星と二人だと普通に話せるんだけどさ、それに加えて誰かいると、聞き役に徹しちゃうんだよね。話題に入るタイミングがつかめないっていうか」

「同じです同じですっ。誰か合図出してくれないかなって思うくらい、わかんなくて。何かしゃべらなきゃって焦って、変なタイミングでしゃべりはじめて引かれちゃったり」

「あるある。めちゃめちゃある」

生き別れの兄妹（きょうだい）かってくらい、トラウマの共有レベルが高すぎた。

駅に近づくにつれどんどん人波が増えていった。

早足で駅に向かう会社員と薄葉さんの肩がぶつかりそうになる。

「僕たちは、ゆっくり行こうか」

「は、はい」

わざとペースを落として、人波から外れた歩道の際を歩いた。薄葉さんとなら、端っこをゆるゆる歩くのも悪くない。

「あの、ところで、茂木くん」

「うん？」

言いにくそうにしながら、体をモジモジゆらしている。

「その……ら」

「ら？」

「らっ、らっ……らら」

「らら？」

「らっ、らららっ、ららら、ららら―、ららら―」

薄葉さん主演のミュージカルが始まった。

いったい何事かと首をひねっていると、彼女は「えへんえへん」と何度も咳払いを繰り返した。

「じゃっ、じゃあわたし、ここのスーパーで買い物していきますのでっ」

「駅に行かないの？」

「実は、一人暮らしなんです。晩ごはん買っていかないと。今日は特売日ってチラシに出てたので」

「……そっか」

高一で一人暮らしなんて、けっこう複雑なご家庭なのだろうか？

僕は右の道へ、彼女は左の道へと歩きだそうとした時、彼女が「あっ」と声をあげた。

「しょ、ショッピングバッグ忘れました……」

「買い物の時に使うやつ？」

僕もよく忘れてしまうので、五円払ってビニール袋を購入することが多い。もったいないっちゃもったいないけど、五円だし。

しかし彼女はこの世の終わりみたいな顔をして、

「どっ、どうしよう。店員さんに『袋いりますか』って聞かれちゃいますっ」

金額じゃなくて、そっちの悩みか。

「袋買う時って、レジの横にあるカードみたいなやつ渡すんじゃなかった？」

「このお店、それやってないんです。だから、持ってますアピールしないと絶対聞かれるんですこんな感じでっ」

スクールバッグを両手で持ち上げて、うーんと背伸びしている薄葉さん。可愛いけど、それ、アピールになってるの本当。

「袋いりますかくらいだったら、とりあえず頷(うなず)いておけばよくない？」

「大きさも聞かれるんですよ……」

そんな悩むところ？　なんて思っちゃいけない。コミュ障にとって知らない店員さんが話しかけてくるというのは恐怖そのもの。かくいう僕も、店員が話しかけてくるタイプの服屋さんにはビビッて行けなかったりする。

と、その時である。

突然「ぴしゃんっ」と、薄紙を何百枚も一気に引き裂いたような音が落ちてきた。

見上げればどんよりとした雲が空を覆っている。

学校を出る時は見えていた一番星も夕陽もどこにもない。

続いて「どかん」と雷鳴が轟(とどろ)き、間を置かずに大粒の雨が降り出した。

豪雨。滝のような夕立だ。

「薄葉さん、傘は？」

彼女は首を振った。僕も持ち合わせていない。今日は荷物が多くて、天気予報を信じて家に置いてきてしまった。

雨はすごい勢いで降り続けている。僕のブレザーも、彼女のカーディガンも、みるみるうちに雨水を吸って重くなっていく。彼女は首のヘッドホンをはずして、カーディガンのお腹のなかに避難させた。

「と、とりあえずそこのゲーセンへ！」

雨の中でも明るい電飾を放つゲーセンの軒先に避難した。店内に入ろうとしたけど、みんな考えることは同じで雨宿り民でごった返している。鼻にピアスをした店員がそんな連中をジロリとにらんでいて、僕らとも目があった。隣で薄葉さんが怯えたように肩をすくめる。軒先で雨の直撃をしのぐのが精一杯のようだ。

「薄葉さん、ヘッドホン大丈夫？」

「は、はい、そんなに濡れずにすんだみたいです」

ハンカチでヘッドホンを拭いて大事そうにバッグにしまう。すごく大切にしているのが、その手つきでわかった。

屋内とはいえ軒先だから、防御は十分といえない。道を走るクルマが飛沫を飛ばしてくるし、屋根から滴る水に服や髪を濡らされてしまう。

「困ったね。すぐにやんでくれたらいいんだけど——」

なんて、隣を振り向くと——信じられないモノが僕の両目に飛び込んできた。

でっか。

なんてつぶやきが口からこぼれ落ちそうになった。

でかい。

何が？

薄葉さんの、お胸が。

大きめの桃か、あるいは小さめのメロンを隠し持ってるかのような立派なふくらみが、衣服が雨水を吸ってぴったり張りついてるせいで露わになっている。

形も、すごい。

ふかふかの肉まんみたいに、もちっとして。まるっとして。

なんでいつもカーディガン着てるのかなって思ってたけど、まさかそれを隠すためだったの？　間違いなくクラスで一番大きい。呉羽さんも大きいけど、薄葉さんは規格外だ。

——って、何しげしげ眺めてるんだよ僕！

理性を総動員してそれから視線を引き剝がすと、薄葉さんとしっかり目が合った。

「あの、茂木くん……？」

僕をまるで疑ってない純真な瞳。

罪悪感がやばすぎる。

これは薄葉さん、自分の魅力には気づいてないパターンか！

「どうかしたんですか？　寒いんですか？」

「い、いやっ……」

「かぜ、ひいたら大変です。もっとこっちに来てください」

「いやマジで大丈夫だから！」

僕を気遣ってくれながらその桃、メロン、肉まんを寄せてきて。僕の二の腕でむにぃ、と得も言われぬかたちにやわらかく変形して――いやそれやばいって本当！

理性もやばいけど、実際、このままじゃ風邪をひく。偏見かもだが、薄葉さんはあまり丈夫じゃなさそうだ。今日せっかく「はじめの一歩」を踏み出せたのに、翌日に欠席したら「振り出しに戻る」ってなりかねない。

何かいい手はないかと考えていると、目の前を赤いクルマが横切っていった。

見覚えのあるクルマだ。

さっと行き過ぎたかと思うと、ブレーキランプが点灯して、運転席の窓からよく知っている顔がにょきっと突き出された。

「ちょっと、フクちゃん！　女の子なんか連れてどうしちゃったのようっ⁉」

姉さんだった。

夕立に見舞われた駅前に場違いなはしゃいだ声が響き渡る。僕が女の子といるのが嬉しいのか、その瞳がらんらんと輝いている。

ちょっと鬱陶しいけど、これは天の助けだ。

「薄葉さん、姉さんのクルマで送るよ！　乗ろう！」

「えっ、でも、ご迷惑じゃ」

なんて言ったそばから、彼女は「へくちゃんっ」と可愛らしいくしゃみをした。早く着替えさせないと。

「薄葉さん、家はどこなの？」

「あ、その、七王子です」

「遠っ⁉　三駅も先じゃないか！」

クルマでも三十分、いや、この帰宅ラッシュの時間帯で雨も降ってるとなれば、その倍はかかるかもしれない。

傘を差してクルマから降りてきた姉さんが言った。

「あのさ。それならうち、来れば？」

……えっ？

「うちなら、ここから十分もかからないしさ。シャワーも着替えも貸してあげるし。その後、私が家まで送っていってあげるから。ね？」

そのとき、姉さんの視線がある一点で固定された。

「え。でっか。……でっかぁ……」

「姉さん、それはいいから早く乗せて！」

というわけで、意外な展開になってしまったのである。

◆

女の子が家に来る。

僕の人生初となるラブコメっぽいイベントが、まさかこんな形で起きるとは思わなかった。しかも相手は薄葉さん。そして姉同伴。人生何が起きるかわからない。

で、僕が今なにをしているのかというと——。

リビングでひとり、夕食までのつなぎでハッピーターンなんかをかじってる。

薄葉さんにはシャワーを浴びてもらっていて、姉さんは急な仕事の電話中。たぶん、今夜じゅうにまた出かけることになるんだろう。編集者っていうのは激務だ。

薄葉さん、風邪ひかないといいけど。

買い置きの葛根湯でも出しておこうかと立ち上がりかけたその時、ドアが開いた。長い髪をバスタオルで拭きながら、薄葉さんが入ってくる。

「あっ、シャワー、ありがとうございました」

「…………、どう、いたしまして」

生返事になってしまったのは、思わずみとれてしまったからだ。

湯上がりの薄葉さん。

もともと色白なのもあって、ほんのり色づいた頬がやけに目立つ。濡れ髪のおかげで髪がおでこの真ん中で分かれてまんまるとした大きな目がはっきりと見える。どのアイドルグループにいたってセンター張れるんじゃないかってくらい、ぴかぴかクオリティの美少女だ。

やっぱり、呉羽さんにも全然負けてないよな？

お日様みたいな派手な明るさはなくても、控えめなお月様のような輝きを持っている。

少なくともルックスの差はないって断言できる。

ただ、このお月様は、ちょっと危険な爆弾を隠し持っていて――。

「……あ、あの、そ、そんなに見られると恥ずかしいです……」

「っ、ごめん！」

ついつい視線が胸元に吸い寄せられていた。

だって薄葉さん、胸を隠そうと腕でギュッってしてるから……。

そこからはみ出した「お餅」がもにもにとふくらんで、あふれて、えらいことになってる。見ないようにしても、どうしても目が吸い寄せられる。

このお餅の存在を知ってるのは、学校の男子で僕だけなんだな……。

「む、麦茶でも飲む？　ついでに葛根湯も。風邪ひいたらアレだからさ」

邪な心をどうにか切り離して、冷蔵庫からペットボトルを取り出す。戸棚の薬箱も出して机に並べた。

「ありがとうございます。ここまでしていただいて」

「気にしないでよ。うちの姉さんがおせっかいなだけだから」

その姉がスマホを手に戻ってきた。

薄葉さんを見ると仕事モードの顔からぱっと表情を切り替えて、

「私のTシャツでごめんねー。サイズ大丈夫だった？」

「あっ、はい、ありがとうございます」

「…………。もうワンサイズ上のほうが良かったかも！」

余計なひとことを姉さんは付け加えた。その視線が僕と同じ場所に注がれていたのは言うまでもない。

晩ごはんはピザを取ることにした。「お客様だから」ということでメニューは薄葉さんに選んでもらって、そしたら一番質素なのを頼もうとしたから、僕と姉さんでたっぷり追加トッピングを注文した。

「あ、あの、お金だしますっ！」

財布ごと差しだそうとしたのをあわてて止めた。姉さんは「面白い子だなー」と笑っていた。それについては異論なし。

人数分のお茶を入れて、テーブルを囲む。僕と薄葉さんが隣同士、姉さんが向かい側だ。

……なんかこの「家族」な感じ、ひさしぶり。

「あらためてはじめまして！　茂木福助の姉の笑子です！　弟と同じで縁起が良い名前でしょ？」

「うっ、薄葉あまりです。縁起が悪い名前ですみません……」

「そんなことないでしょ。〝あまり〟ものには〝福〟があるって言うし。ね？　フクちゃん？」

「上手いこと言ってやった感出すのやめてよ、姉さん」

しかし姉さん、追及の手を緩めるつもりはないようで、

「それでそれで、二人はどういうカンケイなの？　聞いてもいい？」

「聞いてもいいって、もう聞いてるじゃないか」

「だって気になるし！　フクちゃんが女の子とつるんでるなんて初めてだもん！　ね、まさかジョーカノ？　ジョーカノなのっ？」

我が姉ながら、センシティブな部分にもぐいぐい来るなあ。ジョーカノとか、その言い方はオヤジ臭するからやめてほしい。

薄葉さんはといえば、もう、顔を真っ赤にして「えっあっうっ」とうつむきながら繰り返している。おへそのあたりで手をもちゃもちゃさせて、指が複雑骨折しそう。

「僕らは、ふつーに友達だよ」

「えーつまんない！　もっとなんかエンジョイ&エキサイティングな関係じゃないの？」

「違うってば」

僕らは別に姉さんのエンタメのためにつるんでるんじゃない。

「あっそうだ、じゃあガールフレンドってことにしない？」

じゃあ、ってなんだよ。

「それ、入学式の朝も言ってたね。だから女友達ってことでしょ？」

「ちーがーうー！」

と、姉さんは謎のこだわりを見せる。

「ガールフレンドって響きにはね、ただの友達じゃない、恋人とも違う、特別なニュアンスがあるの。わかんない？　そういうの」

「わかんない」

即答してから、薄葉さんを見た。

「薄葉さんは、わかる？　姉さんの言ってること」

わからないと即答する――かと思いきや、彼女は考え込むようにうつむいた。

「がーるふれんど、ですか」

姉さんがにっこりと微笑む。

「そう。あまりちゃんにとって、フクちゃんはボーイフレンドね」

「まじめに考えなくていいよ薄葉さん。姉さん、昭和の人だから」

「しっ失礼ね⁉　これでもれっきとした平成生まれなんですけど⁉」

なんてやり取りをしていると、薄葉さんが両手で顔を覆ってうつむいた。ぶるぶる、肩を震わせている。急にどうした？　と思いきや、くすくすと微かに声が聞こえてくる。どうやら笑いをこらえているようだ。今のやり取りがツボったんだろうか。薄葉さんのツボ、わかりづらいなあ。

ようやく顔をあげて言った。

「す、素敵ですね。ガールフレンド」

「え」

マジで？

姉さんの感性が正しくて、僕がまちがってるの……？

それとも女性にしかわからない微妙な機微とかあるんだろうか？　ガールフレンドって単語に？　ええ……？

◆

大型トラックのタイヤみたいなピザを三人で平らげた。ピザってみんなで食べると四割マシで美味しい気がする。鍋だと五割マシ。あくまで僕調べ。ずっと姉さんと二人暮らしだから、大人数でのごはんがひさしぶりだっただけかもしれない。

空箱にこびりついたチーズをティースプーンでがしがし削っていると、再び姉さんに電話がかかってきた。「この電話終わったら送っていくからね！」と言い置いてリビングを出て行った。

「なんか姉さんがいろいろ聞いてごめんね」

「いっ、いえ。面白い人ですね、お姉さん」

「はは、それは間違いないかな」

そのとき、彼女の視線が右に動いて、リビングの壁の一点に固定された。そこには古びたポスターが貼られている。僕が小五の時からずっと貼られたままのポスターだ。

「ああ、これ？　バスケの選手だよ。スパッド・ウェブっていうんだけど」

「有名な選手なんですか？」

「うーん、よくわかんないな。僕が生まれる前の選手だから」

不思議そうな顔をする薄葉さんに、事情を話した。

「僕の父さんが、好きだったんだ。世界最高峰のバスケリーグで、身長が１７０センチしかないのにダンクの大会で優勝したんだって。周りはマイケル・ジョーダンとか、名だたる強者ばかりなのにさ」

「１７０センチで、ダンクって難しくないですか？」

「うん。ふつうはできないかな」

　１８４センチの勇星だって、ダンクは無理だ。もっとも、あいつなら高校在学中に決められるようになるかもしれないけど。

「キャッチコピーが『小さかったら、高く跳べ』って。父さんからそれを聞いた時にかっこいいなあって。憧(あこが)れてたんだ。こんな風になりたかった……」

「……」

「もうバスケやっていないから、剝(は)がしてもいいんだけどね」

　薄葉さんはふるんと首を振った。

「いいんじゃないですか。このままで」

「そうだね」

　小さかったら、高く跳べ。

　この言葉は今でも変わらず、僕のなかにある。

そのとき、薄葉さんの表情に何か決意のようなものが浮かび上がった。

「あっ、あの！　茂木くんっ！」

「は、はいっ？」

突然の大声に畏(かしこ)まると、薄葉さんがスマホをずいっと突き出してきた。

「よ、よかったらわたしと、ら、らら、ら、……ラインを、交換してくださいっ！」

「……あ！」

帰り道で「ら」を連呼してたのは、それか！

気づけよって話である。

やっぱり僕、鈍いなあ……。

「もちろん、僕で良ければ！」

いそいそと僕もスマホを取り出して、さっそく操作を……と思いきや。

「……」

「も、茂木くん？」

「ひさしぶりすぎて、やり方忘れた」

「えっ」

「薄葉さんわかる？」

「あっえっ、わたしも、ラインって結愛ちゃんとしかやってなくて……」

僕らは顔を見合わせあい、途方に暮れた。

結局、交換のやり方は姉さんに教えてもらった。

そのあいだじゅう、姉さんはずっとニヤニヤしてた。薄葉さんの顔が真っ赤だったからだ。たぶん、僕の顔も同じくらい赤かったと思う。

姉さんと薄葉さんが、家を出て。

残った僕はお風呂(ふろ)に入って、リビングで洗濯物を畳みながらぼーっとしていると、ラインの着信音が鳴った。

さっそく、薄葉さんからだった。

『こんばんは』

『ちゃんと、送れてますか？』

ぱっちりだよ、と返信する。

少し間があって、「ぽこん」とまた音が鳴った。女の子からのラインは、なんだか音まで可愛らしく聞こえる。

『さっき、バスケのこと話してくれた茂木くん』

『かっこよかった、です』

……わお。

薄葉さんらしからぬ、大胆な言葉。

きっと、今ごろ、また顔を真っ赤にしてるんだろうな。

だから、余計に嬉しい。

恥ずかしいのを我慢して、僕を励ますようなメッセージを送ってくれる。薄葉さんの優しさが伝わってくる。

とにもかくにも、僕、茂木福助。

女の子から「かっこいい」って言われた。

生まれて初めての経験を、したのである。

□■あまりちゃんのお風呂タイム２■□

『さっき、バスケのこと話してくれた福助くん』
『かっこよすぎて、みとれちゃいました♥』

恥ずかしすぎる、削除。

『かっこいいです、ってみんな言うと思います♥』

他人事(ひとごと)すぎる、削除。

『かっこよすぎました、ごちそうさまでした♥』

別人になってる、削除。
そんな風に打っては消し、打っては消し――。

「……あぁん、もう……」

苦悩のため息を、あまりは湯船のなかに溶かす。

福助のマンションから帰るなり、ずっとスマホとにらめっこして、何度も何度も文章を考えて。いいのが思いつかなくて、お風呂にスマホを持ち込んでしまった。

男の子と、はじめてのライン。

しかも、相手はあの茂木福助くんだなんて。

最高に幸せだけど、でも、なんて送っていいのかわからない。

(とりあえず、ハートマークは消そうかな)

ぽちぽち。

(あっ、福助くんって、名前で呼んでる。馴れ馴れしい。消さなきゃ)

ぽちぽち。

(わたしなんかに『かっこいい』って言われても、逆に迷惑だったりしないかな？)

ぽちぽち、ぽちっ。

そのとき「ぴろんっ♪」と着信音が鳴って、あまりはスマホを湯船の中に落としそうになった。あわてて画面を見れば、福助からではなく、結愛からのライン着信だった。

結愛：塾おわー♥
結愛：ねえ、福助くんといつのまに仲良くなってたの？
結愛：きかせてーあまりちゃんきかせてー

すねすねと拗ねる犬のスタンプまで送られてきて、あまりは焦った。
決して忘れていたわけじゃない、結愛には説明しなきゃと思っていたのだけれど、いろんなことがありすぎて脳がオーバーフローを起こしていたのだ。

あまり：ごめんなさい。話すの遅れて
あまり：茂木くんには、痴漢から助けてもらって
結愛：痴漢⁉ マ⁉ だいじょうぶだったの？
あまり：はい。茂木くんのおかげで騒がれずにすみました
あまり：それがきっかけで、お友達になれたんです

話してしまえば、たったそれだけのことだ。

たったそれだけの、か細い縁。

「はぁ……」

早く話さなきゃいけない。
自分が福助のことを前から知っていたこと、教室で見つめていたのは藤崎勇星ではなく福助のほうだってこと、ちゃんと彼に伝えたい。
でも、それがなかなかできないでいる。
だって、それを話したら、自分の過去まで話すことになってしまって。

「………」

そのとき、また結愛から着信した。

結愛：じゃあ、私も話す！
結愛：福助くんとお話して、あの時のこと、ちゃんと伝えようと思う！
結愛：セッティング考えとこうっと！

……ああ。

やっぱり、結愛ちゃんはすごいな。

ちゃんと彼と向き合う勇気を、過去と向き合う勇気を持っている。

あまりも結愛も、茂木福助に出会ったことで大きな影響を受けている。だが、目に見えて変わったと言えるのは結愛のほうだ。新しい目標を見つけるきっかけになったのだから。

自分は何が変わったのだろう？

ほんの少しでも、昔より、勇気を出せるようになっているだろうか？

「……このままじゃ、だめ」

あまりはスマホを握り直して文章を打ち始めた。

福助にあてて。

あまり：さっき、バスケのこと話してくれた茂木くん

あまり：かっこよかった、です

目をぎゅっとつむりながら、送信をタップした。

そのまま、しばらくスマホを握りしめた。目を開けるのが怖かったのだ。

やがて——。

ぽむんっ、と音が鳴った。

彼からの返信だ。

普通の着信音なのに、ファンファーレみたいな華やかな音にあまりには聞こえた。

福助：今日のごはんはすごく楽しかった

福助：姉さんは留守が多くて、いつもひとりで食べてたから

福助：薄葉さんと食べたピザ、最高だった

福助：また一緒に食べよう！

「〰〰〰♪♪♪」

（う、嬉しすぎますっ……）

ふと顔をあげて浴室の鏡を見れば、そこにはにこにこのニコちゃんになった自分の顔があった。体じゅうの血液が集まったんじゃないかってくらい顔は真っ赤で、頰はゆるゆるで。自分がこんな顔してるなんて、信じられなかった。

（ううっ、やだな）

この顔、明日までに直るだろうか？

こんなニヤニヤしていたら、彼に、変に思われる。

（やだな、やだな……）

そう思えば、思うほど――。

あまりの頰は、とろけていくのだった。

6

薄葉さんと過ごしたピザの晩餐、その翌日のことである。

「球技大会が、ありまぁす」

と、朝のHRで切り出したのは我らが担任・岡島かりぶ先生だった。少女漫画家のペンネームみたいな名前だが、本名らしい。御年二十九歳。背が低くて女子中学生と間違えられるくらい童顔だけど眉毛がキリッと凛々しく、自己紹介のとき「先生は生涯未婚でいきます」と、聞かれてもいない自己主張をぶっ込んできて僕らを震え上がらせた。生徒から「かりぶちゃん」と呼ばれて親しまれているが、怒らせると目が逆三角形に吊り上がって「うらぁー！」と叫んだりする。部族ですか。

そのかりぶちゃん先生が、黒板にざざっと種目を書き出した。

男子：野球　バスケ　サッカー
女子：ソフトボール　バレー　ダンス

　ダンスって、球技じゃなくない？

　と思ったが、まぁ、学校の球技大会なんてそんなものだろう。僕の中学の種目にも「なわとび」があったし。

「全員参加で、人数の割り振りは自由で～す。掛け持ちもＯＫ。よろしくねぇ～」

　ヤンキー井上くんが手を挙げた。

「かりぶちゃん。これって『本職』が出てもいいヤツなんすか？　野球部が野球に出てもいいんスか？」

「各部顧問の判断によるけど、ルール上はＯＫよ～」

　井上くんは「うっし！」と両手をたたき合わせた。彼は帰宅部のはずだけど、なんで喜んでいるんだろう。

「うちの学校の球技大会、けっこう派手にやるし賞品も出るから、みなさんがんばるよーに」

　おおっ、という声があがった。賞品という言葉に反応し、みんなの瞳が輝きはじめる。

「ちなみに賞品は、せんせいのキッスで～す」

　輝きはたちまち失われた。

　かりぶ先生はドスのきいた低い声で「クソ餓鬼めら……」とかつぶやいた後、言い直した。

「っていうのは冗談で、優勝したクラスにはメメゾンギフト券一万円分が出まーす」

教室にさっき以上の歓声が巻き起こった。

「マジですか!?　そんなの許されるんですか？」

「うちの学校、自由だからねー」

「何買ってもいいの!?」

「先生がいいっていう範囲でならね。エログッズとかは教育的見地から却下しますケドー。

確か去年の優勝クラスは教室にサーキュレーター買ってたっけなー」

サーキュレーター！　そういうのでもいいのか。

教室にエアコンはついているけど、僕が座る後ろの隅っこまでは風が届きにくい。夏や冬には死活問題になる。ぜひ手に入れて教室の空気をまぜまぜしたいところだ。

先生が退出すると、さっそく教室にはおしゃべりの華が咲いた。運動に自信ありそうなメンツが勇星のもとへ駆け寄り、チーム編成を相談しはじめる。勇星はノートを取り出して、みんなの意見に頷き（うなず）きながら書き留めていた。

うちのクラス、けっこう団結力強いよな……。

これなら球技大会もいいところまで行くんじゃないか？

なんて思いながら眺めていると、ヤンキー井上くんが僕のところにやってきた。今日も前髪がいい感じに超サイヤってる。どんな整髪料使ってるんだろう?

「フクっちさぁ、もう出る種目決めてる?」

いつの間にか、あだ名で呼ばれていた。

「いや、まだだけど」

「じゃあ、一緒に野球出ね? オレ、ピッチャーやるからさ。キャッチャーやってくんね?」

口調は軽いけど、その口元は引き締まっていた。

「いいよ。僕で良ければ」

井上くんはホッとした顔になった。こういう表情をすると意外に親しみやすさを感じる。僕の御利益でできたという彼女とは、もう別れてしまったという噂。普通にしてたほうがモテそうなのにな。

「でも、なんで僕なの? 野球の経験はないけど」

「前に体育のキャッチボールで組んだじゃん? その時、すっげー投げやすかったんだ。それでぴーんと来たわけよ」

そのぴーんが正しいかどうかはわからないけど、頼まれたからにはやるしかない。キャッチングの練習しておかないと。

教室を見回すと、男子も女子もチーム分けが進んでいるようだった。あの秋山くんも、数人の男子に囲まれてメガネをくいくいしながら「カバディカバディ」と軽快なリズムで腰を振っている。……いったい、何に出るつもりなんだ？

みんなの表情にやる気が満ちている。

それは、決して賞品につられているだけではないように見えた。

◆

そんなこんなで、六月に入った。

衣替えの季節である。

われらが宮ノ森高校の校則はゆるゆるなので、冬服から夏服への移行も「各自の判断に任せます」ということになっている。ゆえに教室でもばらばらなのだが、呉羽さんは「私、暑がりなの」といち早く夏服に移行してつるんとした二の腕を露出させている。初日は気になって気になって、授業どころじゃなかった。ちょっと視界を動かすだけで真っ白な肌がズガンと網膜を刺激してくる。呉羽さんが「つかれたぁ～」と両手をあげて伸びなんてしようものなら、袖口(そでぐち)から腋(わき)が、腋が……いや絶対見えないし、ちゃんと見えないように気をつけてると思うんだけど、クラスの男子の視線を釘付(くぎづ)けにしている。シャツの胸元を押し上げるツンと上向きにふくらんだ丸みには、何をかいわんや。

思うに——。

呉羽さんは「女の子らしくあること」「可愛くあること」に真剣なのだ。

肌ケアとかカロリー制限とか、めちゃめちゃしっかりやってるらしい。薄葉さんいわく「結愛ちゃんって、ポテチ食べないんです」「大好物だったのに、中一の時に食べるのやめて、それから一度も食べてないって」。教室でもよくメイクの仕方を他の女子にレクチャーしてる。おかげで「結愛メイク」が一年女子のあいだで大流行、量産型呉羽さんが台頭することになった。元々のセンスもあるのだろうけど、それだけ熱心な努力家ってことなんだと思う。

その点、薄葉さんはたぶんノーメイク。

服装は未だにカーディガン着用。季節感がないことこのうえない。例のボリューミーな「お餅」もぶかぶかに過剰包装されているので目立たない。夏服に着替えたら、きっと男子の視線を集めてしまうだろう。別にお餅だけの話じゃない。姉さんいわく「あまりちゃんって、めちゃめちゃスタイル良かったわよね？」「目も大きいし、肌も透明感あるし」「ほんのちょっとおしゃれしたら、マジで化けるわよ」とのこと。僕もそう思う。少なくとも「呉羽さんのおまけ」なんて言われることはなくなるはずだ。

でも、彼女はそういうのを望まない。

とことん、可愛さを追求してる呉羽さん。
とことん、目立つことを望まない薄葉さん。
やっぱり僕と勇星の関係に似ていて、親近感がわく。
この可愛すぎる女の子二人と同じクラスになれて、本当に良かったと思う。

◆

そんなある日、休み時間のできごとだ。

「ね、茂木くん」

この世のすべての「可愛い」を煮詰めたような声に誘われて振り向けば、またまた呉羽さんに「ゆあんっ♥」とウインクされた。たちまち僕は心臓を撃ち抜かれ、呼吸困難に陥る。……落ち着け、落ち着け。薄葉さんが言ってたじゃないか、これはただのクセだって

――と、自分に言い聞かせながらどうにか口元だけでも笑顔を作る。

「な、なに？　呉羽さん？」

「あー、ね？　……うん、その」

　クラス一長いまつげを伏せる呉羽さん。そういえば今のウインクって「緊張してる時のクセ」だったはず。そんな言い出しにくいことなんだろうか？

　呉羽さんの背中に隠れるようにして、薄葉さんもついてきている。二人揃(そろ)ってなんて珍しい。いったいなんの用事だろう？

　さらに呉羽さんは、席を立とうとしていた勇星にも声をかけた。

「何か用事か？　呉羽」

　勇星に見つめられ、呉羽さんはぎゅっと目をつむった。

「茂木くん、『せーの』って合図してくれる？」

「えっ？　いいけど……」

　僕の合図とともに、呉羽さんは四枚綴(つづ)りのチケットを「えいっ」と勢いよく僕らに差し出した。

「お父さんにもらったの。今度の日曜、みんなで『たまパー』にいかない？」

　たまパー。

　正式名称を「たまパーク」という、このあたりでは一番大きな遊園地である。某ネズミの国のような大メジャーには及ばないにせよ、オールラウンドかつオールウェイズな使い方ができるスポットだ。入場料もリーズナブルで、中高生のデート先としての人気も高い。

「はぁ、やっと言えたっ♪」

小さく自分に拍手しながら呉羽さんは言った。

「実は昨日も言おうとして、言い出せなかったの。だから今日こそはって、朝から緊張してたんだ」

呉羽さんなら、そんなのハキハキ明るく言えちゃいそうなのに。でも、なんかやり遂げた感出しながら、ペットボトルのお水を美味しそうに飲んでるその表情が嘘とは思えない。

「ちょうどその日は練習がない。喜んで付き合おう」

と、勇星は即答快諾である。

僕はたまパーなんて小学生以来だ。

しかも憧れの呉羽さんと一緒だなんて——身に余る幸せには違いない。

ただ、ひとつ気がかりなのは、

「それは、薄葉さんも行くんだよね？」

「もちろん！　そうよね？　あまりちゃん？」

しかし彼女は案の定「えっ」「あっ」とア行製造機と化してしまった。だと思った。

「えーっ、あまりちゃん、さっきは行くって言ったじゃない！」

「あっ、いえ、行けたら行くって」

「だめよそんなの！　行かないってことじゃない！」

日曜の遊園地なんて人混みの代名詞。本音ではキツイのだろう。

しかしこれは彼女にとって、憧れの勇星と仲良くなれるチャンスのはず。

僕が背中を押さないと。

「僕もその日は空いてるから、ぜひ行きたいな」

「ホント？　良かった！」

「なあ勇星、遊園地は大勢で行ったほうがぜったい楽しいよね？」

「ん？　そうだな。そのほうがにぎやかでいいな」

「だってさ、薄葉さん。行こうよ」

「…………」

前髪に隠れた瞳（ひとみ）がじっと僕を見つめている。心細そうだけど、だけど、ほんの少し――

瞳の奥に勇気のかけらみたいなものが見える。薄葉さんだって、いつも隠れてばかりじゃない。これがチャンスだってことは、わかってるはずなんだ。

「人混みに呑まれないよう、僕がガードするからさ」

「……茂木くん……」

「薄葉さんが来てくれないと、つまんないよ」

そのひとことに、薄葉さんは、はにかむように笑って——こくん、と頷いた。

ほっ、良かった。

「じゃあ、決まりね！　日曜、この四人で、たまパー！」

歌うように呉羽さんは言った。本当に嬉しそうだ。

周りの男子が、僕らをうらやましそうに見つめている。そして女子も。一組が誇る学園のスターとアイドルと一緒に遊園地なんて、二倍の料金を払っても行きたいって人が大勢いるに違いない。

◆

その日、帰りのＨＲは長引いた。

例の球技大会のことでヤンキー井上くんが運営委員と揉めていて、それについてかりぶちゃん先生から連絡があったのだ。なんでも勇星のバスケ出場がバスケ部顧問に止められたらしい。顧問にしてみれば有望な一年生にケガでもされたらたまらないだろうから気持ちはわかるのだが、井上くんは「それ、おかしいじゃないっすか！」とキレまくり、先生がそれをなだめるという構図であった。

井上くん、ホントみかけによらず熱いよな……。

昔、熱血野球少年だったりしたんだろうか？

最初の五分はみんな井上くんに同調していたが、議論が長引くとダレてきて、内職を始めたり放課後に備えて居眠りしたり。僕も井上くんのツンツン尖った髪をぼーっと眺めつつ、思考は別の山を登り始める。

呉羽さんと薄葉さんと、遊園地。

女の子と遊園地に遊びに行くなんて、僕の人生にこんなイベントが起きるなんて思わなかった。彼氏彼女がいる陽キャだけに許される特別なことだと思っていた。男子と女子は、別々に遊ぶ。そんな不文律が中学まではあったように思う。

高校生は、こんなにも自由なんだ……。

いや、呉羽さんが特別なんだよな、きっと。

誰もが認める「学校で一番可愛い女子」である彼女は、陽とか陰とか気にせず、ただ、自分が遊びたい相手と遊ぶ。その屈託のなさが、やっぱりまぶしい。憧れる。

とはいえ、もちろん僕は「おまけ」だろう。それはわきまえてる。誰がどう見てもメインは呉羽さんと勇星だ。昼休みにはもう噂が流れていて「結愛ちゃんと藤崎がデートだってよ」「茂木となんかもうひとり、一緒に行くらしいけど」「ワンクッション置いたって感じだな」「これはもう付き合うのも秒読みだな」などなど。だよねって感じ。秋山くんも無言で僕の肩をぽんと叩いてくれて。……え、なんなの？　なんで僕を温かく見守るの？

………。

なんだか、急に不安が押し寄せてきた。

女の子と遊ぶ時って、どんな風に振る舞えばいいんだろう？　何着ていけばいいんだ？　あくまでデートではなく「友達と遊びに行く」っていう態だからキメキメでも場違いだし、かといってダサイ格好はだめだ。髪形、このままでいいのか？　最低限美容院くらいは行っておくべきだろうか？　男友達と遊びに行く時は考えもしないような数々のクエスチョンで脳が迷路になる。

「あーもう、めんどくさーい。後は井上くん、直接委員と話してね～」

十分に及ぶ議論をあっさりと打ち切り、不満顔の井上くんを残して、終業のチャイムと同時にかりぶ先生は帰っていった。教室にほっとした空気が流れ、椅子が床を擦る音があちこちから響く。

さて、僕は――。

と、その時ぶるっとポケットでスマホが小さく震えた。ラインの着信だ。薄葉さんからのメッセージだった。

『放課後、お暇ですか？』

ヒマだよ、と返信する。

『どこかで』

『作戦会議』

『しませんか？』

同じ教室にいるんだから直接会話すればいいのに――なんてことは言いっこなし。僕と薄葉さんには、こんな風に人目を忍んで話すのがあってる気がする。

もちろん、すぐに「ＯＫ！」と送った。指が画面を滑るように、うきうきと動いた。

今の僕には、同じ悩みを持つ友達がいるんだ。

こういう時、ひとりで悩まず相談できる相手がいるっていうのは、本当にいいもんだな。

◆

放課後。

僕たちは校舎裏の花壇に移動した。

いつもの踊り場に行こうとしたんだけど、清掃業者が使っていて入れなかったのだ。

「いい場所がありますよ」と薄葉さんに言われてやって来たそこはとても静かな場所だった。グラウンドや体育館とは正反対の方向にあり、放課後の喧噪が四階建て鉄筋校舎によって遮られている。敷地外の道路とも、初代の卒業生が植樹したらしい生け垣でゆるーく遮られていて、まさに「隠れ家」みたいな場所だ。

何より――。

「すごい花壇だね」

色とりどりの花がそこには咲き誇っていた。あれはパンジー、こっちはリューココリネ、目の前のはゼラニウム。どれもこれも、以前に教室で見かけた花々だ。

「薄葉さんが飾ってる花は、ここで育ててたんだね」

「……え」

「言いそびれてたけどさ。教室のお花、薄葉さんが飾ってくれてるんでしょう？」

「あっ、そのっ、え、えっと……」

真っ赤になってまつげを伏せるその横顔が、息を呑むほど可愛い。

「は、廃部になった園芸部の花壇を、使わせてもらってて」

「じゃあ、ひとりでこの手入れを？」

それってかなり……いや、超大変なんじゃないだろうか。

「僕に手伝えることがあったら言ってよ。力仕事ならまかせて」

「で、でも、ご迷惑じゃ」

「何言ってるの、友達じゃないか。もちろん僕らだけの秘密にするからさ」

そんな風に言うと、薄葉さんはようやく笑顔になってくれた。

花壇のへりにタオルを敷いて、二人で並んで腰掛けた。本当に静かな場所だ。部活中のグラウンドからも体育館からも切り離されている。まるで学校に僕と薄葉さんしかいないみたいだ。

「まさか、わたしが男の子と遊園地に行く日が来るなんて、思いませんでした」

「超わかる。僕も同じこと思った」

「わたし、遊園地に行くこと自体はじめてなんです。茂木くんは？」

「小学生のとき友達と行ったよ。男だけで」

あの時はただただ「遊園地たのしい！」って感じでわくわくしてたけれど、今回は緊張のほうが大きい。

「わたしなんかが行って、盛り下げないか心配です……」

「いやいや。薄葉さんも来てくれないと、僕だけじゃ絶対気まずいよ」

薄葉さんはちらっと目線を上げた。

「わたしも、茂木くんが行かないなら、断ってました」

「だろ？　僕らはひとりじゃないんだ。今こそ協力して――」

そこまで言いかけて、ふとした疑問がよぎった。

「そもそもの話なんだけど、どうして呉羽さんは僕を誘ってくれたんだろう？」

「なにか、おかしいですか？」

「いや、勇星はわかるよ。かっこいいから。薄葉さんもわかるよ。幼なじみだから。でも、僕を誘う理由って、別になくない？」

「それは、その……」

薄葉さんはちょっと迷うように言いよどみ、

「実は結愛ちゃん、茂木くんのことを前から知ってたんです」

「知ってた？　僕を？　……ああ、バスケ部関連かな？」

呉羽さんは中学のとき、女子バスケ部にいたという話だ。どこかの大会ですれ違っていたとしても不思議じゃない。あるいは練習試合でうちの中学に来たことがあるのかもしれない。

ただ――。

「有名選手だった勇星はともかく、僕のことなんて覚えてるかなあ。三年間、ずーっとベンチだったのに」

薄葉さんはすぐには答えず、しばらく沈黙していた。

深く考え込むような沈黙だ。

「……あの……」

そう切り出した。いつものおどおどではなく、どこか芯のある声だった。

「それはきっと、結愛ちゃんが自分で話したいと思うから。ごめんなさい」

「……わかった」

どうやら事情があるらしい。

呉羽さんがどうして僕のことを――って気にはなるけど、薄葉さんを板挟みにするのも申し訳ない。これ以上は聞かないでおこう。

「結愛ちゃんは、わたしにとってヒーローなんです」

「ヒーロー？」

「わたし、こんな性格なので、子供のころから仲間はずれにされてて。わたしと遊びたがる子なんて誰もいませんでした。いじめられなかったのが奇跡です。だけど、結愛ちゃんはいつもそんなわたしの手を引いて、遊びに連れ出してくれたんです。今回みたいに」

「うん」

明るく笑いながら薄葉さんの手を引く呉羽さん。

その姿が目に浮かぶようだ。

「小三の時です。わたし、聞いちゃったんです。結愛ちゃんと他の子が話しているのを。その子たちが言うんです。『明日、あまりちゃんは置いていこうよ』。結愛ちゃんが『どうして』って聞いたら『あまりちゃんはのろくて、歩くのもおそいから』『ゆあちゃんだけ、来てよ』って」

「……それは、つらいね……」

言いようのない苦みが胸に広がった。同時に怒りも感じる。それは、磨けば光る宝石の価値に気づかず、石ころだと決めつける人に対する怒りと同じものだ。あるいは、単純に「友達」を軽んじられた怒り。まだ付き合って日は浅いけれど、僕はそれだけの友情を薄葉さんに抱くようになっていた。

「そしたら、結愛ちゃん、顔を真っ赤にして怒ったんです。その子たちに向かって、めっないから！』って」

たに出さない大声で。『じゃあ、あたしもあそばない』『あたしも、もうみんなとはあそば

「呉羽さんらしいな」

子供の頃から、呉羽さんは女神だったのだ。

「結愛ちゃんが茂木くんを誘ったのは、単純に、茂木くんに興味があるからだと思うんです」

「興味？」

「男の子を人数あわせで誘うような子じゃないです。結愛ちゃんは」

「……わかった」

もし、薄葉さんの言う通りなのだとしたら、僕はもっと呉羽さんのことを知りたい。

仲良くなりたいって、そう思う。

「たまパー、楽しみだな」

薄葉さんの言葉のおかげで、心からそう思えたのだった。

7

やらかした！

朝六時に起きて軽く体操して汗を流し、シャワーを浴びてすっきりとしたところで軽めの朝食をとり、ゆっくり身だしなみを整えて悠々と待ち合わせの駅に向かう——という、完璧な計画のはずが、目覚めれば約束の時間十五分前という大惨事。

よりにもよって、今日。

遊園地に行く当日に、こんな寝坊をやらかすなんて。

昨夜は緊張しすぎて寝られなかった。午前一時になっても二時になっても眠気が舞い降りてくれなくて、ベッドで悶々とするうちに東の空が白み始めた。こうなったら徹夜で乗り切ってやると決意した途端、皮肉にも眠気がやってきた。まったく茂木福助、お前はなんて間の悪いやつなんだ……と、自分を罵りながら眠りに落ちてこのザマだよ、って感じ。

大急ぎで支度をして、ピカピカに磨いておいたとっておきのバッシュを履いた。玄関の鏡を見ながら跳ねた髪を撫でつける。ちゃんとセットするつもりだったのに、もう時間がない。最後に鼻毛だけはチェックして家を出た。

駅前についたのは、約束の時間一分前——。

そこで待ち受けていたのは、寝不足の頭にゆあんっ♥と炸裂する「尊み」の化身だった。

「あっ、茂木くん！　こっちこっち！」

呉羽さんが手を振りながら、人混みのなかで一生懸命に跳びはねている。

透け感のある小花柄のワンピース。ああ、もうそれだけで尊いというのに、ワンピースのプリーツがシフォンケーキみたいにふわっふわ揺れるに至ってはもう、眠気なんか吹っ飛んでしまった。

私服姿、可愛すぎる……。

髪形も学校と違っている。南国の海のように鮮やかな蒼のスカーフでハーフアップにまとめている。それがまた新鮮で、革命的に見えた。学校の二倍くらい可愛いって、どうなってるんだ？

「茂木くん、バッシュかっこいいね！」

「おっ、ふうっ、ありがとう」

やっぱりまともに目が見られず開幕「おっふ」をかましてしまう僕。

口元がにやけるのを押さえられない。

会ってすぐバッシュのことに気づいてくれるの、嬉しすぎる……。

「き、来てるのは、まだ僕らだけなのかな？」

「あまりちゃんなら、ここにいるわよ？」

と——。

そこでようやく、呉羽さんの背中に隠れるようにして縮こまっている薄葉さんを発見した。

「ひ、ひとが、た、たくさんっ……こわい……」

顔色が真っ青だった。

とりあえず僕が壁になろうと、薄葉さんの前に立ち塞がって通行人の視線から守ってみる。

「おはよう薄葉さん。大丈夫？」

「あっ、おはようございます。……なんとか、がんばります」

彼女はぎこちなく微笑んだ。

薄葉さんの私服はというと、彼女らしい控えめなものだった。さりげない装飾が襟や袖に施されたブラウスにロング丈のスカート、それにいつものヘッドホンにカーディガン。前髪も寂れたシャッター街のように閉まったままだ。休日だからほんの少し期待したけど、やっぱり無理か。

ただ一点、マリンブルーの髪留めが、いつもと違う彩りを添えている。

「それ、呉羽さんのスカーフとおそろいの色だね」

呉羽さんは嬉しそうに笑って、

「わ。気づいてくれた！　そうなの。せっかくだしおそろいにしたいなーと思って、さっきあげたんだ」

「あの、結愛ちゃん、目立つの無理なのではずしていいですか」

「だーめ♥」

指でばってんを作る呉羽さん。言い方は可愛いけど目は有無を言わせぬ迫力に満ちている。

「いいんじゃない？　可愛いと思うよ」

そんな風に言うと、前髪の向こうの瞳が恥ずかしげな上目遣いになった。

「そ、そうでしょうか……♪」

「うん、勇星もそういう系好きだと思うし」

「……あ、はい……」

なぜか微妙な顔になる薄葉さん。なぜだろう？　本当に可愛いのに。

その勇星の姿はまだ見えない。駅前広場の時計はすでに九時五分を指している。

ラインしてみようかとスマホを取り出したちょうどそのとき、「お～い」という耳に馴染んだ声が聞こえた。これだけ人がいてもはっきり通る体育会系特有の声量。ようやくのお出ましのようだ。

「……お」

遅かったね、と声をかけようとして、僕は固まった。親友の休日コーデを見て固まった。

いや、もちろんかっこいいのだ。メインの黒地に白を配色したそのデザインは機能的でシャープな印象で、長身の勇星に似合っていてかっこいい。現に道行く人々の目を惹いていて、通りがかった女子中学生グループが「あの人ちょーやばいんだけどっ！」なんて黄色い声を出している。

イケてる。

イケてる……のだが。

ジャージ。

ジャージ姿である。

胸に宮ノ森――とはさすがに書いていない、おそらく勇星が普段使いしてるジャージと思われるが、やはり遊園地に遊びに行く服装ではない。これからグラウンド十周するみたいな服装である。

「すまんすまん、電車が混んでいてな」

と、これは勇星定番のボケである。「電車混んでても遅れないだろー」というツッコミ待ちなのだが、親友、悪いが今日はそんな気になれない。

「な、なんでジャージなの？」

「うむ。いろんな遊具に乗ることを考慮して、動きやすい服装を心がけた結果だ」

ハキハキと答えるその表情は朗らかで、勇星なりに今日を楽しみにしていることが窺(うかが)える。しかしジャージ。台無し。

「あはは、勇星くんらしいね……」

学園の女神様もこれには苦笑いである。

ところが薄葉さんは、

「あっ、でも、ジャージのほうが目立たないですよね」

「その通りだ薄葉！　いいこと言うな！」

と、奇妙なところで意見の一致を見ている。よくわからない感性だけど、二人が仲良くなれるんならそれでいいか。

こんな感じで、僕らの遊園地ダブルデート（？）はスタートしたのである。

◆

ジェットコースターの頂上付近で、絶叫が響き渡った。

「ころしてくださあああああああいぃぃぃぃぃ」

勇星と並んで座る薄葉さんが叫んでいる。斬新な叫びだ。「死ぬーーー」とかならまだしも「ころして」は聞いたことがない。でも気持ちはわかる、頂上めざしてゆっくりゆっくり昇っていくコースター、そこから急降下する直前の緊張感たるや――。

「――――!!」

どうにか、悲鳴はこらえた。隣の呉羽さんの手前、絶対みっともないところを見せたくない。風がぶつかってきて目をまともに開けていられない。ふわっと足下が浮き上がり、キュッと内臓がせり上がるゾッとする感覚とともに、落差70メートルの断崖(だんがい)絶壁にマシンが突入していく。

「きゃ────────────────♥」

悲鳴まで可愛い呉羽さん、僕より全然余裕ありそう。「こういうの得意なの！」って言ってただけのことはあり、めっちゃ楽しんでいる。乗る前に「落ちる直後にライドフォト撮るところあるから、一緒にポーズキメましょ！」って言われてたのに、僕はカメラに向かってぎこちなく笑うのが精一杯だった。

そして勇星はいっさい声を出してない。死んでるんじゃないかと思うくらい、目の前の頭は微動だにしない。「絶叫系は心を無にして楽しむんだ」と語っていたが、すでに無我の境地なのだろうか。さすがお寺の息子。

急降下・急上昇・急旋回の地獄めぐりを終えて、念願の地上に戻ってきた。なんだこの安堵感（あんどかん）、地面がこんなに有り難いと思ったのは生まれて初めてだ。でも、まだ足がふわふわしてる。地球に帰還した宇宙飛行士ってこんな気分なんだろうか。

「あーん、目つむっちゃってる」

購入したライドフォトを見て、呉羽さんはがっかりしている。その隣では、薄葉さんが立ったままぼーっとして……あっ、違う、気絶してるんだこれ。

「しっかりして薄葉さん！　もう地上だよ！」

肩をユサユサすると、ようやく我にかえった。

「も、茂木くんっ！　生きてて、よかったですっ」

何故か握手を求められたので、がっしり、固く手を握り合った。その手はめちゃくちゃ汗ばんでいる。もう、絶叫系に乗るのはやめといたほうがよさそうだ。

勇星はケロッとしていて、スマホ片手に「さて次はどれを攻めるか」なんてつぶやいている。「たまパーの遊具全部乗る」とか豪語してたけど、本気なんだな。

「次はもうちょっと、ゆるめのやつにしない？　薄葉さんつらそうだし」

「じゃ、次はあれにしましょ？」

呉羽さんが指さしたのは、ウォーターアトラクションだった。水上を走るジェットコースターといえばわかりやすい。今の絶叫マシンに比べれば高さも速度もマシだけど、その代わり水しぶきが滝のように降り注ぐ。

「濡れたら、呉羽さんと薄葉さんは困るんじゃない？」

「ポンチョ売ってるみたいだから、それ着込めば大丈夫よ」

どこか売店に寄るのかと思いきや、入場口前の自販機でポンチョは売っていた。電子マネー決済可二百円。うーん、知らないあいだに進んだなあ。聞けば三年前に大リニューアルが行われて、アトラクションも一新されているらしい。

呉羽さんは薄葉さんにレクチャーしながら、ちゃきちゃきっとポンチョを着込んでいく。

「フードもちゃんとかぶってね。髪が濡れるから。着水する時に顔は必ず伏せるのよ？　メイクが落ちるから」

そんな風にしてできあがった呉羽さんのポンチョ姿はやっぱり可愛……くはなかった。頭から足首まですっぽりと白いビニールに覆われて顔すらよく見えない。これからバイオ兵器研究所に突入します、みたいな重装備である。「髪も服も絶対濡らしません」という女の子魂を感じる。

「あっこれ、落ち着きます……。ずっと着てていいですか？」

薄葉さんは気に入ったようだ。いや暑いでしょ絶対。

「勇星、僕らも買っとく？」

「いや。俺は全身で水を感じたい」

というまことに男らしい理由で僕と勇星は装備なしとなり、いざウォーターアトラクションへ。その名も「ドッパァン」というらしい。名前は威勢がいいけど、いくらなんでもそこまで濡れないだろう。

――と思ってたら、甘かった。

「冷っ！？！」

巨大なたらいの水を思いっきりぶっかけられたような感覚！

僕らを乗せたコースターは急落下急速度、なみなみと水の張られたプールのなかへ突入した。水しぶきが五メートルはあがり、乗客の頭から降り注ぐ。にわか雨に降られたなんてレベルじゃない、ゲリラ豪雨並みの水量を頭からかぶるハメになったのである。まさにドッパァンって感じで僕らはずぶ濡れ。パンツまで濡れてしまった。

「気分爽快だな！　福助!!」

髪をグッシャグシャにしながらわけのわからないことを言う親友。うーん、これがモテる男のたたずまいか。僕、モテなくていいかもしれない。

「ふたりとも、こっち向いて～♪」

フル装備のおかげでまったく濡れてない呉羽さんがスマホを向けるので、勇星と笑顔でピース。パシャッ、とツーショットを撮られてしまった。この写真、きっと明日には全クラスの女子で共有されるんだろうな。そして僕のところだけ画像加工で消す女子もいるんだろうな……いや、考えるのやめよう。

「あ、あの、次はどうしますか？」

「待って薄葉さん。その前にポンチョ脱ごうか？」

次に向かったのはホラーアトラクションである。

廃病院をモチーフにした施設で、様々なビックリドッキリイベントが用意されている。

まぁいわゆる「お化け屋敷」だ。

「これは、ガチで怖いみたいだね。他とは格が違うみたい」

「どうしてわかるんだ福助？」

「だって、ほら、あれ――」

僕が指さしたのは、入り口と反対側、アトラクションから出てくる人々の列だった。泣きべそをかいている女の子が何人もいて、出口のすぐ横にある自販機に並んでいる。

「あれは、なんの自販機かしら？　ポンチョじゃないわよね？」

呉羽さんの疑問に僕は答える。

「下着の自販機らしいよ」

「え？」

「たぶん、あまりの怖さに、その……」

僕が言わんとするところを理解して、呉羽さんの顔がさーっと青ざめていく。絶叫系は平気でも、恐怖系はまた話が違うらしい。

「面白い！　挑戦してみようじゃないか！」

勇星は逆に闘志をかき立てられたようだ。

「あっ、わたしも、ちょっと興味あるかも……」

と、薄葉さんも意外なやる気を見せる。今日は呉羽さんが一緒だからか、あるいは勇星がいるからか、いつもよりちょっぴり積極的だ。

「おお。薄葉は幽霊とか平気なのか？」

「というか、中が暗くてじめっとしてて落ち着きそうなので……」

やっぱり薄葉さんは薄葉さんだった。

「あ、あまりちゃんが行くなら、私もっ！」

呉羽さんは両手でぐっと拳(こぶし)を作った。しかし、その拳はぷるぷるしている。

「大丈夫？　無理しないほうがいいんじゃ」

「大丈夫よ！　自販機のお世話にはならないわ！」

そういうことになった。

廃墟(はいきょ)の病院を模した玄関から入ると、中は真っ暗だった。上映中の映画館よりも暗い。頼りになるのは係員から渡された細いペンライトだけ。

勇星を先頭に、僕、呉羽さん、薄葉さんという隊列を組んでひんやりとした空気の中を進む。途中で「ホルマリン漬けになった胎児」やら「血まみれの手術台」やら「無造作に積まれたしゃれこうべの山」やら、ホラー要素よりグロ要素みたいなのが続く。どれもこれもクオリティ激高で、そのままホラー映画の小道具に使えそうだった。

「も、茂木くん、ぜったい、置いていかないでね」

僕のシャツの背中を呉羽さんががっつり摑んでいる。あの可愛くデコられた爪が僕のシャツを摑んでいるんだ……なんて最初は感動していたけど、よほど必死に摑んでいるらしく、何度か首がギュッと襟で絞まる事態が発生した。かわいいはくるしい。

「キャッ、なにか音しなかった⁉」

「大丈夫！　僕の足音」

「ヒャッ、あそこの死体起き上がってる⁉」

「大丈夫！　死んでる」

そんなやり取りを繰り広げる僕らの前で、勇星は「なるほどな」「ブラボー」「ナイスアイディア！」といちいちCGの出来映えやキャストの演技、演出に感心している。ホント無敵だな親友。

そして薄葉さんは、手刀をびゅんびゅん切りながら、

「りんぴょうとーしゃーかいじんれつざいぜんりんぴょうとーしゃーかいじんれつざいぜ

んりんぴょうとーしゃーかいじんれつざい、ぜんっ」

なぜ、早九字。

その詠唱が迫真すぎたためか、あるいは前髪だらーんな見た目のためか、他の客が薄葉さんを幽霊と勘違いして「ぎゃー」と叫びながら逃げていく。おかげで僕らの前後にはぜんぜん客がいなくて、快適に進むことができた。

そんな感じで七転八倒、恐怖の廃病院をどうにか突破して再びお日様の下に戻ってきた。

「よ、良かった。無事に出てこられて……」

ハンカチで額の汗を拭っている呉羽さん。まだちょっと顔色が悪い。やっぱり無理させちゃったかな。

「それにしても茂木くん、ぜんぜん怖がってなかったね。すごい勇気！」

「……うん」

別に勇気があるんじゃなくて、他の三人が面白すぎて怖がるどころじゃなかったというのが本音である。

薄葉さんは早九字を唱えすぎたせいで声をからして、勇星の買ってきたお茶をごくごく飲んでいる。

「大丈夫か？　薄葉」

「は、はい、ありがとうございます」

「それにしても見事な早九字だったな。腕の振りといい発音といい、完璧だったぞ！」

女子高生の早九字を褒めるイケメンというわけのわからない構図だが、勇星の好感度があがったのなら何よりである。

◆

その後もいくつかのアトラクションを回って、気がつけば午後一時。勇星が「そういえば腹が減ったな」とつぶやき、遅いランチをすることになった。

今の今まで、空腹を忘れていた。

楽しすぎて――。

今が何時かなんて、気にもとめなかった。スマホも一度も見なかった。デジタル中毒と言われる僕らZ世代だけど、他に楽しいことがあればスマホなんて見てる暇はないんだな。

僕らは園内中央にあるフードコートにやって来た。予想通り満員でどのテーブルも空いてないと思いきや、ちょうど目の前の親子連れが撤収するところで、無事に座ることができた。運まで今日は僕らの味方だ。

じゃんけんで買い出し係を決めた。男の僕らが行こうとしたのに、呉羽さんに笑顔で「じゃんけんしましょ！」なんて言われたら断れるわけがない。三回のあいこのうえ、呉羽さんと勇星が買い出し、僕と薄葉さんが席取りお留守番ということになったのだった。

「あの、茂木くん」

薄葉さんがこっそり耳打ちしてきた。

「なんだか、今日はふつうに楽しめてますよね？　わたしたち」

「だね。僕も呉羽さんの目を見て話せてるし」

「わたしも、少しつっかえちゃいますけど、いつもに比べたら……」

「上手く話せてると思う。すごいよ薄葉さん」

なんて褒め合っていると、飲み物を買いに行った勇星の「おおっ？」という声が聞こえてきた。

「見てみろ福助！　この自販機、ジュースが二百五十円もするぞ！」

「……うん、行楽地だからね」

もちろん勇星はイヤミで言っているわけではない。純粋に驚いているのである。

薄葉さんが言った。

「藤崎くんのイメージ、今日でちょっと変わりました」

「でしょ？」

教室での爽やかイケメンな勇星しか知らない薄葉さんには新鮮だったかもしれない。

「僕も、今日は呉羽さんの新鮮なところ、いっぱい見られたよ」

教室で見つめていた時の呉羽結愛は完全完璧な美少女、顔良し性格良し成績良しの非の打ち所のない優等生に見えた。でも、今日でぐっと親近感がわいたというか、解像度があがったというか、ともかく距離が近づいたのは間違いないと思う。

薄葉さんも勇星と話せて、ちょっと自信ついたみたいだし。

「とりあえず手当たり次第買ってきたよー」

トレイにポテトフライやらたこ焼きやらを山盛りに載せた呉羽さんがやって来た。

「見て、茂木くん！」

「ん？」

「ほら、さっきポップコーン踏んづけちゃって、取れないの！」

フレンチガーリーな厚底ブーツの裏側を「ほらっ♪」と見せてくる。靴底の溝にポップコーンが見事に挟まっていた。困ってるのかと思いきや、何故か嬉しそうである。廃病院をクリアしたことでテンションが上がってるのだろうか。

「ほらあまりちゃん、チュロス好きよね？　ここの限定アップルシナモン味食べてみて？」

「あっ、チェロス?」

「チュロスよ?」

「……ちぇろす?」

「ちゅーろーすー」

よくわからない争いが、突如として勃発した。チェロス。チュロス。どっちが正しいのか僕も知らない。そもそも気にしたこともない。

「ね、茂木くん。チュロスが正しいわよね?」

「いえチェロスです。茂木くんならわかりますよね?」

ムキになる薄葉さんなんて、初めて見た。超レアだ。やっぱ仲いいなこの二人。

「いや、僕に聞かれても」

スマホで調べてみればいいんじゃない? とは言えなかった。二人の表情が真剣すぎる。幼なじみの仲の深さが垣間見えて微笑ましいが、今この場では僕は板挟みである。

「なにを揉めてるんだ?」

フレッシュオレンジジュースを人数分持って戻ってきた勇星を、二人は同時に振り返った。

「ね、勇星くん! これの名前なに? なんて呼んでる?」

チェロスorチュロスをずいっと目の前に突き出されて、勇星はなぜわかりきったことを聞くんだみたいな顔をして言った。

「細長い揚げパン」

「「「ぜったい違う!!」」」

その後――。

僕らは、細長い揚げパンを仲良く四人で食べたのだった。

◆

こんな感じで、午後も僕らはたまパーを遊び倒した。

メリーゴーランドに乗る時「どの馬が速いか」と真剣な顔で検討する勇星だったり、無言でスマホをいじってる今にも別れそうなカップルを見て呉羽さんがハラハラしていたり、うさぎのゴーカートに乗ってちょっと嬉しそうな薄葉さん、だけど幼児にもバンバン抜かされて涙目になるなどなど、ともかく面々の個性が炸裂する道中だった。

遊園地は楽しい。

遊園地そのものが楽しい場所なのは、間違いない。

でも――。

この四人で来られたからこそ、その楽しさは何倍にも膨れ上がったんだ。

こんな楽しいことが起きていいんだろうか、こんな幸せでいいんだろうかなんて、我ながら大げさだけど。そう思ってしまうくらいだった。

そんな夢のような時間も、そろそろ終わりに近づいて——。


「最後は観覧車でしょ！」


呉羽さんが言った。

午後五時に南の河原で花火が上がるらしい。観覧車に乗れば特等席で見られるというわけだ。呉羽さんはすでに下調べをすませていたようで、僕らは三十分前から列に並び始めた。

「ねえ、茂木くん」

夕焼けを照り返す亜麻色の髪を指で弄りながら、呉羽さんは言った。

「あの、良かったら、私と二人で乗らない？」

「……えっ？」

意外な申し出にきょとん、としてしまう。てっきり四人で乗るものかと思っていた。

「う、うん。もちろんいいけど」

「ありがとう！　じゃ、あまりちゃんは勇星くんとね！」

薄葉さんはぎこちなく、しかしはっきりと頷いた。いきなり言われたって感じじゃない。二人で事前に打ち合わせてた感じだ。

このまえ花壇で薄葉さんが言ってたことと、関係しているのだろうか？

◆

僕と呉羽さん、二人だけを乗せたゴンドラが、ゆっくりと地上から離れていく。

がこん、がこん、お腹に響く機械音が床から振動として伝わってくる。緊張もあって、足がなんだかむずがゆい。対面に座る呉羽さんも同じことを思ったようで、「なんだかむずがゆいね」と、厚底ブーツを履いた脚をぷらぷらさせた。短めのワンピース、ひらひらして。意外にむっちりとした白い曲線がちらちら。さらにその奥が見えそうになるたびに、今すぐ扉をこじ開けて飛び降りたくなった。

「あっ！」

「見、どうしたの？」

見てないよ！　と言いそうになった。

「さっき挟まってたポップコーン、取れてるっ！」

ほらっ♪　と呉羽さんは靴底を見せてくれた。

「あっ、本当だ。良かったね」

「ふふ、一生取れないかと思っちゃった！」

また脚をぷらぷらさせてから、呉羽さんははっと動きを止めて、頬を赤くしながらワンピースの裾(すそ)を楚々(そそ)と直した。

「し、失礼シマシタ……」

「う、ううん、大丈夫」

たぶん、生来の呉羽さんの性格は「おてんば」なのだ。普段の優等生、アイドル然とした振る舞いは、育ちで身につけたものなのだろう。

「ごめんね茂木くん。はしゃいじゃって。誘い方も強引だったし。引いてない？」

「いや、本当に全然」

全校の男子がうらやむシチュエーションだ。引いたりなんかしたら、バチがあたる。

「実は私、今日は一日、ずっと緊張してたんだ」

「……えっ？」

意外すぎる言葉だった。

緊張？　僕が、じゃなくて、呉羽さんが？

「どうしても今日、茂木くんに伝えたいことがあって。だからあまりちゃんに前もって話して、二人きりにしてもらったの」

「……そうだったんだ」

そうまでして僕に伝えたいことってなんだろう？

呉羽さんは話し始めた。

「私、去年の七月二十三日、市民体育館にいたの。中総体の立摩地区予選」

「……」

その日付は、忘れもしない。

柴園中学バスケ部だった僕が、最初で最後の公式試合に出場した日だ。

「私はベンチ入りもできなかったんだけど、一回戦ですぐに負けちゃって。虚脱状態でずっと観客席にいたの。ああ、終わっちゃったなあ、って思いながら、ぼーっと、他校の試合を眺めてた。そしたら、第4クォーターの途中で、あなたが出てきたのよ」

柴園中学10番――。

彼女は僕のことを懐かしい番号で呼んだ。

「遠くからだったから、顔まではよく見えなかった。あまりちゃんから聞かされた時はびっくりしちゃった。あの時の10番が茂木くんだったなんて」

薄葉さんが言っていた「結愛ちゃんは茂木くんのことを前から知ってた」っていうのは、こういうことだったわけか。

「あの試合のことは本当によく覚えてるの。点差はダブルスコアまで開いてて、残り時間も少なくて、もう勝負はついたって空気だった。あなたが出てきた時も『思い出作りだな』って。私も……ごめんね、そう思った」

「当然だよ」

試合終盤、大差で負けてるチームが、これまでずっとベンチだった163センチの三年生をコートに入れる。そんなの監督の温情、「思い出作り」以外にない。僕だって観客の立場ならそう判断する。

呉羽さんは話し続けた。

「でも、それは間違いだった。もう勝利を確信して攻めようとしない相手チームに、あなたは食らいついていった。ミスマッチの相手にへばりつくようなディフェンスをして、ルーズボールもラインギリギリまで追いかけて、転びながらコートに戻して。誰よりも声を出して、誰よりも走ってた」

「相手の応援席から『必死すぎ』って、野次られたの覚えてるよ」

呉羽さんは首を振った。

「あなたひとりが、あきらめてなかった。チーム全員、監督も、勇星くんでさえ、もうあきらめてたのに、あなただけはあきらめてなかった。最後まで勝つためにボールを追いかけてた。思い出作りなんかじゃない、最後まで――」

呉羽さんはいったん言葉を切った。

「私、そんなあなたを見て、泣いちゃったんだ」

「泣いた？」

「私ね。バスケ部にはいたんだけど、途中であきらめたの。なんか途中で伸び悩んじゃってさ。それまで簡単に通ってたパスが通らなくなって、シュートもブロックされることが増えて。練習しても、しても、上手くならなくて――そのうち本気で取り組むのをやめたの。いちおう部には残って、まだ頑張ってるぞってポーズ見せながら、心の中ではぜんぶあきらめてたのよ」

ふてくされてたのよね、と、呉羽さんは笑った。つらそうに。

「あなたを見た時、気づいたの。私はやりきってなかったんだって。ぼろぼろぼろぼろ泣きながら、気づいたの。もう遅いのにね。何もかも、遅いのに――」

大きなため息を彼女は吐き出した。

「引きずってたの。高校に入ってからも、ちょっとね。だから、あの時の10番くんに聞いてもらいたかったんだ。ずっと」

「うん。ちゃんと聞いたよ」

まっすぐ彼女の目を見て、僕は言った。憂いを帯びた彼女の表情を正面に見つめた。本当に信じられないくらい綺麗(きれい)な子だと思う。気後(きおく)れして目を逸らしそうになる。逃げそうになる。けれど踏みとどまった。彼女の言葉を受け止めてあげたかった。

「ありがとう、茂木くん」

「うん」

「――――はあ、やっと言えたぁ」

彼女は胸をなで下ろした。

「四月にあまりちゃんに聞いてから、ずっと言いたかったの。『福助詣(もう)で』で変な感じになっちゃって、なかなか言えなくて――でも、やっと言えた。言えてよかったっ！」

えへっと笑った彼女は、次に目を見開いて「あーっ！」と大声をあげて右方向を指さした。

「見て見て、茂木くん！　花火！　もうあがってる！」

青みがかった夜空に、大輪の打ち上げ花火が咲いていた。

ぱっ、ぱっ、色とりどりの炎が打ち上がり、咲き誇り、散っていく。

薄暗いゴンドラの中を、その都度、照らし出す。

呉羽さんの白い頰、亜麻色の髪、きらきらした瞳を照らし出す。

「ああ、すごく綺麗ね。本当、本当に、今まで見た花火でいちばん――――綺麗」

透明な雫が彼女の目の縁にふくれあがった。

みるみるうちに大粒になり、まつげを濡らし、頰をつたって静かに落ちた。

ゆっくりと落ちていった。

――ああ。

僕は胸をかきむしる。

強く、強くかきむしった。

その涙から、目を離せなくなっている。

心が連れて行かれる。どうしようもなく心がつかまれている。

ああ、ちくしょう。

僕は、彼女が好きだ。

◆

観覧車が地上に降り立ったその時、呉羽さんが言った。

「あの、実はね。もうひとつ言いたかったことがあるの」

「う、うん」

困ったな。

また、目が見られなくなってる。

憧れが、はっきりとした「好き」に変わって——。

「茂木くんのおかげで変われたこと、実はもうひとつだけあるんだ」

「……それは？」

「ふふ、それは——ないしょ！」

サクランボみたいな唇に人差し指をあてて、呉羽さんは笑った。そんな思わせぶりな！

と思ったけど、あまりのまぶしさに追及することができなくなった。

「いつか、話すね！　もうちょっと頑張ったら、きっと！」

「わかった。待ってるよ」

観覧車から降りてスマホの電源を入れた呉羽さんは「あれっお母さんだ」と声をあげた。着信があったらしい。「ごめんなさい、かけてくるね！」と駆けていった。その直後、わざわざスマホの電源を切ってくれていたことに気づいて——また、彼女のことが好きになってしまった。

花火の写真とか、絶対撮りたかったはずなのに……。

僕と大事なことを話すからって、切ってたんだ。

夕闇のなかを駆けていく後ろ姿をぼうっと見送りながら、僕はあることに気がついた。

さっき、呉羽さんは「初めは、僕が柴園中の10番だと気づかなかった」みたいなことを言っていた。「あまりちゃんから聞いて、気づいた」と。

つまり、薄葉さんは知ってたことになる。

僕のことを、最初から。

あの試合を、呉羽さんと一緒に観ていたってことなんだろうか？

先に降りているはずの勇星と薄葉さんを目で探すと、メリーゴーランドの入り口横に勇星の姿を見つけた。

声をかけようとして、勇星が別の誰かと話していることに気づいた。

にぎやかな女の子三人に勇星が取り囲まれていて、少し離れたベンチに薄葉さんがぽつんと座っている。

あの三人には見覚えがある。

柴園中学女子バスケ部の一年生。今はもう二年生か。

男子の隣のコートで練習していることが多くて、勇星によく話しかけていたのを覚えている。勇星のファンを自称する子たちだった。

僕は薄葉さんのところに歩み寄った。その寂しそうな表情に、さっき抱いた疑問を尋ねようという気はなくなった。まず元気づけるのが先だ。

「あっ、茂木くん」

顔をあげると、薄葉さんはぎこちなく微笑んだ。

「どうでしたか。結愛ちゃんと上手くいきましたか？」

「うん……。それより、どうしたの？　あの子たちに何か言われた？」

薄葉さんは首を小さく振った。

「『お友達ですか？』って聞かれて、藤崎くんが『クラスメイト』って答えて、それだけです」

でも、と薄葉さんは言った。

「どうしても、その、『どうして彼がこんな暗い子と？』って言われているような気がして、わたしは顔をあげられなくて」

「そっか……」

気持ちは痛いほどわかる。

僕だって、今のこの状況で声をかけにいくのは勇気がいる。だって、彼女たちはずっとベンチだった僕の名前をきっと覚えてない。後輩たちから「誰だっけ？」っていう目を向けられた時、僕だってうつむかないでいられる自信はない。

「観覧車の中ではどうだったの？」

「あ、それは、いちおう話せました。最初は気まずかったけど、花火があがってからは二人でずっと写真撮ってて」

それを聞いて少しホッとした。

「勇星のところに行こうよ、薄葉さん」

僕は明るい声を出した。

「あの子たち、僕らの中学の後輩なんだ。まぁ僕のことは覚えてないかもしれないけど……でも、胸張って行けばいいんだよ。勇星と遊びに来たのは僕らなんだから」

「……茂木くん……」

　薄葉さんはベンチから立ち上がった。

　それから一歩、勇星のほうへ踏み出しかけて——しかし、その足はすくんでしまった。

「もし、また」

　薄葉さんの声が掠(かす)れている。

「結愛ちゃんの時みたいに、また、茂木くんや藤崎くんに迷惑かけたらって思うと……」

「薄葉さん……」

　なんて言えば励ませるのか、わからなかった。言葉が思い浮かばない。だって僕自身、薄葉さんの気持ちは痛いほどよくわかるのだから——簡単に「平気だよ」「勇気出そうよ」なんて、言えない。言いたくない。

　電話を終えた呉羽さんが僕らのところにやってきた。

「どうしたの二人とも？　勇星くんは？」

「うん。中学の部活の後輩に会ったらしくて」

　その時、勇星がこちらを向いた。「呉羽！」と呼んで手招きしている。

「なんだろ？　ちょっと行ってくるね」

　呉羽さんも行ってしまった。

　たぶんバスケ関連の話題なんだろう。呉羽さんの出身中学は女子も強豪だから、何か後輩たちにアドバイスを求めたのかもしれない。勇星はいいやつだ。そしていい先輩だ。後輩に頼まれたら、それがバスケのことならば、断るなんて選択肢はないだろう。

呉羽さんはあっという間に初対面の後輩たちと打ち解けてしまった。ここまで笑い声が聞こえてくるほど、何かの話題で盛り上がってる。勇星がボールを持ってフリースローの仕草をしている。それを見た呉羽さんが何か言って、後輩たちが大きな歓声をあげた。

僕と薄葉さんは、ただぼうっと立ったまま、僕ら抜きの人の輪を眺めた。

「先に、エントランスのところに行ってようか」

「……はい」

女の子と行った初めての遊園地。

ダブルデートらしき一日。

控えめに言っても成功だったと思う。

いい一日だった。

特にあの観覧車、呉羽さんと見た花火、彼女の流した涙を、僕は一生忘れないだろう。

薄葉さんだって楽しかったはずだ。

勇星との距離は、確実に縮まったはずだった。

すべて上手くいったはずの一日。

だけど、最後の最後で、僕らは、なんだか苦い気持ちを味わってしまったのだった。

■8

次の日の月曜、朝――。

「初デートってね、その翌日が一番照れくさいのよ！」なんて姉さんは言っていた。今回の遊園地は別にデートじゃないが、確かに照れくさい。自意識過剰すぎてキモイと思われそうだけど、呉羽さんにまず、なんて挨拶して良いのかわからなかった。

あれこれ悩みながら教室に入ると、いきなり、彼女に遭遇した。

「おはよう。茂木くん」

「おっ、ふ、はよう」

はい。また開幕「おっふ」やっちゃいました。

四月の自分に逆戻りしてる。

とりあえず言うんだ。「昨日はありがとう、これからもよろしく」って。

ところが、そのまま呉羽さんは僕をスルーして席につき、授業の準備を始めてしまった。

タイミングを逸して、僕の右手が宙をさまよう。

…………。

…………ま、まぁ、一日は長いし！

情けなく自分を納得させてすごすごと席につくと、バッグの中でスマホが「ぽこん」と音を立てた。

その画面を見て、僕は声をあげそうになった。

結愛：昨日はありがとう。ほんとサイッコーに楽しかった！
結愛：これからもよろしくね！

思わず顔をあげると、スマホを持った呉羽さんがにーっと歯を出して笑っていた。「してやったり」みたいな顔。でも、ちょっとだけ頬が赤い。

震えそうになる指で、僕は返信する。

福助：僕のほうこそ楽しかった。ありがとう
福助：これからもよろしく！

すぐにファンシーな犬のスタンプが返ってきた。男子が絶対使わないスタンプだ。

昨日、帰りの電車のなかで、呉羽さんから「今さらだけど、ライン交換しない?」と言われたのである。

全校男子が喉から手が出るほど欲しがってる彼女のラインアイコンは、愛犬「ワオン」の写真だった。真っ白なトイプードル♀で、小一の時から飼い始めたらしい。帰りの電車でいろいろ話してくれた。そのあいだ、僕はずっと幸せな気持ちだった。

薄葉さんも勇星とラインを交換していた。呉羽さんにつられる形で、勇星が「俺たちも交換しておこう」と申し出てくれたのだ。ライン不精で未読スルー常習犯の勇星だけど、全校女子が目の色を変えるほど欲しがるIDには違いない。薄葉さんはちょっとおどおどしていたけど、呉羽さんにサポートされてID交換を果たしたのだった。

これ以上ないくらい、上手くいった一日。

僕と薄葉さんの「ダブルデートもどき」は大成功。

……そのはずだ。

最後、ちょっと不穏な感じになってしまったけれど、時間にしてみればせいぜい十分程度のこと。喩えるなら真っ白なシーツにほんの一滴、わずかなシミがついた程度のものだ。じっと目を近づけて探さない限り、見つからないような微かなシミ。

ただ――。

ネガティブ思考が身に染みついている僕らは、どうしても、その微かなシミを大げさに考えてしまうところがある。逆に自分から広げにかかるようなところすらあって、そこは直さなきゃって思ってるんだけど――。

そのとき、薄葉さんが登校してきた。

いつもよりだいぶ時間が遅めだ。

心なしか頬がげっそりしてるようにも見える。昨日の疲れが残っているんだろうか。

「おはよう薄葉さん」

「あっ、茂木くん。おはようございます」

いつも通りといえばいつも通りだけど、やっぱり、ちょっと声に元気がない気がする。

本当に気にしてないといいんだけど……。

◆

三限の体育は、球技大会の練習にあてられた。

各競技チームに分かれて、それぞれ思い思いに練習する。

バスケ出場を顧問から禁止された勇星はサッカーで出ることになり、練習でも華麗なドリブルを披露している。ほんと、何やらせても上手い。これで天然ボケがなければ完璧なのに。

僕が所属する野球チームはグラウンドの隅っこでキャッチボールと簡単なノック、それから守備連係の確認をしている。

僕は捕手なので、投手を務めるヤンキー井上くんの投球練習に付き合っている。

「次、まっすぐいくぞフクっち」

「よし、こい」

ズバン、とミットが良い音を立てる。

ナイスピッチと返球する。手がじんと痺れている。彼の長い右腕から投げ下ろされるストレートはかなりの球威だった。素人じゃかすりもしないだろう。野球部員がどのくらい出張ってくるかによるけど、案外いいところまで行けるかもしれない。

みっちり投げ込んだ後、クールダウンのキャッチボールに移行した。

会話できるほどの距離で、山なりにボールを投げ合う。

「井上くん、燃えてるね」

「まあな」

「もしかして、前に野球やってたの？」

球はすぐに返ってきたけど、答えが返るまでやや沈黙があった。

「中二の秋までな。部活じゃなくて地元のシニアだけど」

「そうだったんだ。ケガ？」

辞めるにしては中途半端な時期だった。

「あ～……」

迷うような顔を見せた後、井上くんは話し始めた。

「まぁ、スランプってやつだな。それまでは二年のくせにエース張っててよ。夏の市大会準決勝でも、相手チームをずっと0点に抑えて」

「すごいね」

「このまま行けば完封勝利ってところで、最後の打者に失投して逆転タイムリーをかっきーん、ってな。野球ってザンコクだよな。それまでどんないいピッチングしてても、最後にミスっただけで台無しなんだからよ」

胸がずきんと痛んだ。「最後にミスっただけで台無し」。その言葉に、昨日の僕と薄葉さんが重なったのだ。

「でもさ。それってたった一球のことでしょ。他は全部、いい球投げてたんでしょ？　百球投げたとしたら、九十九球は完璧だったんだから」

「監督サンにもそう言われたよ。気にするな、次の大会もお前でいくからなって。でも――あの試合から歯車が狂っちまって。球がいかなくなっちまったんだよな。うだうだやってるうちに練習行くのだるくなって、遊びはじめて、まぁ、今はコレよ」

ツンツンした髪を指さして、彼は笑った。

「でもさぁ、時々思うことあんだよね。あのまま踏ん張って、続けてたらどうなってたかなぁって」

「不完全燃焼、的な？」

わかんね、と彼はつぶやく。その目は、遠いどこかを見つめているようだ。

彼は呉羽さんと同じだった。僕とも似ている。悔いを残した呉羽さん。燃え尽きた僕。でも、その境目って曖昧だ。誰も決めてくれない。たぶん、本当のところは自分でさえわからないんだ。

自分はやりきったのか？

それとも、まだ、やれたのか――。

「だからさ」

井上くんの声で現実に引き戻された。

「試してみたいんだ。野球部のやつ、野球続けてるやつと勝負して、どれくらい自分がやれんのか。それで何かわかるんじゃないかってな」

「うん」

それで、かりぶ先生とルールであんなに揉めてたんだな。

彼のやろうとしていることに意味があるのかないのか、そんなことは僕にはわからない。

ただ、彼にとって、この球技大会はただの学校行事じゃないってことだけは確かだ。

「本番、気合い入れて捕るよ」

「ホントかぁ？　えっぐい変化球投げてもか？」

笑いながら彼は言った。

僕は笑わずに答えた。

「捕るよ。体に当ててでも」

「――」

彼は笑うのを止めて、口元にほろ苦いものを浮かべた。

「シニアのとき、お前みたいな仲間と出会いたかったぜ。フクっち」

◆

昼休み。

いつものように踊り場で薄葉さんを待っていたのだが、なかなか彼女は来なかった。女子は着替えが遅れているんだろうか。

昨日の感想会、したかったんだけどな……。

彼女の好物の甘いものも買ってきた。チョコバナナクレープ。コンビニのだから店のやつほど美味しくないけど、少しでも元気になってほしい。

五分ほどして、ようやく階段を上る足音が聞こえてきた。

「薄葉さん、遅かったね。心配してたんだよ」

返事がない。じっとうつむいている。

昼ごはんが入ったコンビニ袋ではなく、スクールバッグを手にぶらさげていた。

「帰るの？　早退？」

薄葉さんは顔を伏せたまま頷いた。

「その、実は今朝から調子が悪くて。なんとなく体が重くて……」

「風邪？　熱は？」

「……熱は、そんなにないんですけど……」

そこでようやく薄葉さんは顔を上げた。力のない苦笑いがその青白い顔にあった。

「茂木くんにだけは、言いますね。実はズル休みです。……あっ、ズル早退か……」

「でも、本当に顔色悪いよ？」

薄葉さんは首を振った。

「さっきの三限、球技大会のダンス練習があったんですけど。わたしだけ動きがそろわなくて、みんなで同じところを何度も何度もやり直ししたんです。それで先生を怒らせちゃって」

「先生って、誰？」

「剛田（ごうだ）先生です」

あー、と頷いてしまった。「根性」がそのままジャージ着てるような熱血体育教師である。できないのは努力が足りないから、って考えるタイプ。

「わたしどんくさいから、何度言われても合わせられなくて。周りの人からもため息つかれちゃって。最後は、ひとりだけ外れて個人練習になりました」

「そっか……」

聞いているだけで心が痛くなる。僕にも似たような経験がある。人より背が低いってことは、生きるうえで普通の人より多くの試練を課されているってことなんだ。

「で、でもさ、昨日は楽しかったよね」

ちょっと無理して、明るい声を出した。

「最後はちょっとアレかもしれないけど、全体的にすごく楽しかったじゃない？　落ち込む必要ないと思うんだ」

薄葉さんは頷いた。

「楽しかったです。信じられないくらい楽しかったです。でも、だから、余計に現実感がないんです。帰り道、なぜか胸の奥が苦しくなって。今日一日はぜんぶ、夢だったんじゃないかって。ひとりで家にいる自分は、なんなんだろうって」

「……わかる、けどさ」

友達同士カラオケで騒いだ帰り、ひとりの電車の中、ふっと我にかえることがある。ああ、楽しかったな——そんな風に思いながらも、わけもなく寂しくなる、空しくなることがある。あれ、なんなんだろう。

「観覧車の後のことで、思ったんです。藤崎くんと仲良くなるってことは、ああいうことなんだって。彼は友達が多くて、社交的で、人気者。わたしはぜんぜんそうじゃない。もし彼とちゃんと話せるようになったとしても、彼の周りに集まる人とは無理です。誰とでも明るくおしゃべりするなんて、笑顔でいるなんて、わたしには無理なんです」

「僕だって、自信ないよ。でも、少しずつ、少しずつでも克服していければさ」

そうですね、と彼女は言った。その声に力はない。気休めにもなってないのは明白だった。

「茂木くんは、すごくいい感じだと思います。結愛ちゃんとこの調子で仲良くなっていけば、きっと友達にだって、もしかしたら……彼氏、にだって」

　嬉しい言葉のはずなのに、ちっとも嬉しく感じなかった。

「……でも」

　でも、それは薄葉さんだって――。

　そう言いかけて、言えなかった。今の彼女に何を言っても励ましにはならない。心が弱ってる時に必要なのは、励ましじゃなくて休養なのだ。

「じゃあ、わたしはこれで」

「うん。――あ、ひとりで帰れる？」

　そう言ってから、後悔した。何を言ってるんだ僕は。彼女は一人暮らしだって言ってたじゃないか。迎えに来る人は誰もいない。僕だって午後の授業をサボってまで彼女を送るわけにはいかない。

　階段を下りかけていた薄葉さんは、足を止めて、振り返った。

「だいじょうぶですっ、帰れますっ」

　笑いながら、ピースサインを作って見せる。

　その二本の指に、やっぱり力はなかった。

彼女は階段を下りて、僕の前から姿を消した。

僕の目には、その強がりのピースだけが、いつまでも消えずに残っていた。

◆

次の日の火曜、薄葉さんは学校に来なかった。

翌日の水曜も欠席した。

四日後の日曜日はいよいよ球技大会だ。

まさか、このまま大会が終わるまで、学校に来ないつもりなんだろうか？

ラインを送るといちおう返信は来る。未読スルーしたりする薄葉さんじゃないのは嬉しいけど、返信は「ごめんネ」と泣きながら謝る傷だらけのうさぎのスタンプのみ。言葉は返ってこないのだ。

休み時間、思い切って呉羽さんに聞いてみた。

「薄葉さんと、連絡とれてる？」

「ううん。茂木くんもダメ？」

「ライン送っても、スタンプしか返ってこないんだ」

「私と同じかぁ……」

呉羽さんらしくない暗い声だった。

「月曜のダンス練習の時間、先生からそんなひどい叱られ方をしたの？」

「強い口調ではあったけど、特別ひどいってことはなかったと思う。ただ、あまりちゃんってこういうのにトラウマがあって」

「トラウマ？」

少し考えてから、呉羽さんは言った。

「あまりちゃんって誰かの役に立ちたい、人を喜ばせたいっていう気持ちの強い、とても優しい子なの。たとえば校庭の花壇でお花を育てて、教室の花瓶にそのお花を生けてたり」

「知ってるよ。ほとんど毎週、花を飾ってくれてるよね」

呉羽さんは嬉しそうに笑った。

「やっぱり、茂木くんは気づいてたんだ。さすがだなあ」

「僕にとっても、薄葉さんは大切な友達だから」

ロッカーの上にある花瓶は、今週はずっと空のままだ。

クラスの誰も気にしてない、花があってもなくても、気にも留めていないけれど。

やっぱり、僕は寂しい。

「今回は、薄葉さんのその優しさが裏目に出てるってことなんだね？」

呉羽さんは頷いた。

「自分のせいでみんなに迷惑をかけるっていうのが耐えられないんだと思う。自分のせいでクラスの順位が悪かったらって考えて、一番迷惑をかけない方法を選んだんだわ」

「それで、欠席か」

合理的に考えたら、それが一番なのかもしれない。たった一週間足らずで急にダンスが上手くなれるはずもないし、休んだほうがクラスの成績はあがるのかもしれない。

でも……。

それじゃ、悲しすぎるじゃないか。

薄葉さんだって、クラスの一員なのに。

「…………」

「茂木くん？」

「ごめん。ちょっと……」

まだ何か話したそうだった呉羽さんを置いて、僕は教室を出た。

大好きな女の子と、今は話をする気になれないでいる、重い気持ちになっている。そんな自分に驚いていた。

理由ははっきりしてる。

薄葉さんがいないからだ。

彼女は決して、自分で話題を振って会話を盛り上げたりするタイプじゃない。みんなが話してると黙ってしまうタイプだ。いてもいなくても同じ、「空気」って呼ぶ人もいるかもしれない。でも、僕はそう思わない。僕にとって、薄葉さんはそうじゃない。ただ彼女がそこにいてくれるだけで、心強かった。同じ悩みを持つ友達がそばにいるだけで、勇気づけられていたんだ。

でも――。

そう思っていたのは僕だけだったのか？

僕がいても、薄葉さんを勇気づけることは、できてなかったってことなのか？

「一方通行、片思い」

クラスで一番可愛い女子への片思いも、そりゃつらいけど。

こういう形の片思いも、やっぱり――いや、もしかしたら、それ以上に。

「……つらいよ、薄葉さん……」

◆

その日の夕食。

ひさしぶりに姉さんが早く帰ってこられたから、姉さんが好きな辛口カレーを作った。いつもは上手くいくのに、今日はじゃがいもを焦がしてしまってイマイチだった。薄葉さんのことで上の空だったたからだ。それでも姉さんは、おいしいおいしいと食べてくれた。

食べ終わって、冷たい麦茶を飲みながら――。

「どう？　フクちゃん。あまりちゃんとはあれから上手くいってる？」

何気なく聞いた風だったけど、今の僕にはクリティカルだった。

「ううん――それが、なんかダメな感じになっちゃってて」

「ダメって？」

かくかくしかじか、一連の出来事を姉さんに説明した。

「そっか、避けられちゃったかー」

避けられた。

第三者から見ればそういうことになるのだろう。だけどはっきりそう言われると、やっぱり心にクる。

「でもさフクちゃん。それはキミのせいじゃないと思うな。もちろんあまりちゃんのせいでもない。ただキミたちは、一時的に勇気の出し方がわからなくなってるだけだよ」

「勇気の出し方？」

そんなやり方、僕は知らない。

だから、僕が「勇気出そうよ」って言っても、彼女には響かないのだろう。

「ちょっと待ってて」

姉さんは自分の部屋からタブレットを持ってきた。仕事とは別に持っているプライベート用のやつだ。

「この動画、見てみ？」

言われるまま画面を覗き込めば、そこはどこかの体育館だった。バスケの試合だ。コートの中で躍動するそのユニフォームに見覚えがある。柴園中学バスケ部ユニフォーム。映像の中心にいるのは、そのなかで一番背の低い、ゼッケン10番の選手だった。

「えっ僕?」

それは、僕が出場した最初で最後のあの試合だった。

「ど、どうして? 撮ってたの? ていうか観に来てたの姉さん!?」

「実はそーなのだ!」

どうだまいったか、とばかりに姉さんは胸を反らした。

「もう一ヶ月以上も前から仕事のスケジュール調整してさ。けっこー大変だったんだよ?」

「試合に出られるかどうかなんて、わかんなかったのに」

「そんなの関係ないっ」

きっぱりと言われた。

「試合に出るとか出ないとか、関係ないよ。関係ないっ。出ないなら出ないで、その時はベンチで応援するフクちゃんのことを私が応援するつもりだったよ」

関係ないさ~♪ と、もう一度歌うように姉さんは言った。

「今でもさ、私、仕事でミスしてへこたれそうな時、この動画を見てフクちゃんに勇気もらうんだ」

動画のなかの僕は、必死の形相でコートを駆けずり回っていた。

僕の頭のはるか上を飛んでいくボールになんとか食らいつこうと、必死に手を伸ばす。

だけど結局届かずに、ボールは敵に渡ってしまう。

僕はまた、追いかける。

延々とそれを繰り返す。

こうして動画で見るとよくわかる。絶対に届きっこない高さ。なのに僕は、せいいっぱい跳んで、手を伸ばして。届かないのに。届かないのに。

「そんな、たいそうなものじゃないよ」

いつしか僕は、汗ばんだ手を握りしめていた。

「僕が本当の本当に頑張ったことなんて、この一回くらいだよ。人生のなかでこの一回だけさ。他は逃げて、逃げ続けて、逃げてばかりで、好きな女の子の顔さえまともに見られない、大切な友達ひとり励ませない。それが僕だよ」

「そうかもねえ」

姉さんは否定しなかった。

「でも、この試合だけは、この一回だけは、がんばったんでしょ？　逃げなかったんでしょ？」

「――――」

「だったらいつか、またがんばれる日が来るよ。自分ががんばれるってことを、キミはもう知ってるんだから」

画面の中でホイッスルが鳴り響いた。

選手交代を告げられて背番号10がコートを去っていく。遠くから撮っているから映像は粗いけど、その表情はすっきりしていた。いい顔をしているように見えた。

あれも、僕だ。

ここでウジウジしているのも僕なら。

この画面の向こうにいるのも、僕。

「――姉さん」

「あいよっ」

「薄葉さんのこと、家まで送ったことあるよね？　家の場所って覚えてる？」

姉さんはニカッと笑って、親指を立ててみせた。

「モチのロンよ！　姉さんにまっかせっなさーい」

「……」

やっぱり昭和だなと思ったけど、とりあえず黙っておこう。

◆

姉さんのクルマが停まったのは、この近隣じゃ一番高いタワーマンションの入り口だった。

「こんな目立つ建物、一度送ったら忘れるわけないよねー」

運転席の姉さんの言う通りだった。晴れた日なら僕の家からでも上層階が見えるんだから。

「部屋は最上階だって言ってたよ」

「最上階の、何号室なの？」

「このマンション、最上階って一軒しかないらしいの。いったい何ＬＤＫあるんだろうねえ？」

絶句した。

確か薄葉さん、一人暮らしって言ってたよな？

そんな部屋に娘をひとりで住まわせるって、どういう親？　どういう家庭なんだろう、薄葉さんの家って。

「ありがとう姉さん。この後も仕事あるんでしょ？　帰りは電車でいいから」

「ん。気をつけるんだよ。――がんばってね！」

遠ざかるテールランプを見送ってから、意を決してエントランスに足を踏み入れた。

集合ポストを見て最上階の部屋番号を確かめて、押し間違えないよう緊張しながらインターフォンのボタンを押す。呼び出し音の後、かなりの間が空いた。もしかして留守かと不安になった時、スピーカーから馴染(なじ)みの声が聞こえてきた。

『茂木くんっ？　ど、どうして？』

「いきなりでごめん」

ほっとしながら、まずは謝った。

「迷惑なのはわかってるけど、薄葉さんと話がしたくて押しかけたんだ。開けてくれないか」

しばらくサーッという音だけがスピーカーから流れていた。

かすかに電子音がして、目の前の自動ドアが開く。

『どうぞ。そこのエレベーターからあがってください』

廊下には濃紺の絨毯(じゅうたん)が敷き詰められていた。まるで高級ホテルの内装だ。ほとんど音がしないエレベーターに乗って45階まであがると、部屋のドアの前で薄葉さんが立っていた。学校にいるのとまったく同じ服装、ヘッドホンを首からかけて、制服のスカートもそのままだった。もしかしたら、今朝は登校しようとしたんじゃないだろうか？

彼女は僕の姿を見ると、困ったような苦笑いを口元に浮かべた。

「あっ、そのっ、……あはは」

「あはは」

二人して苦笑いを浮かべあった。照れが半分、気まずさが半分みたいな苦笑い。変な感じだけど、実際、僕らは笑うしかなかったのだ。

「ど、どうぞ、あがってください」

「ありがとう」

中に入ると、やっぱりそこは高級ホテル、それもロイヤルスイートみたいな部屋だった。冷たい光沢を放つ床にクリスタルガラスのローテーブル。革がツヤツヤしているチェスターフィールドのソファ。ゴージャスだけど、生活感はまるでない。薄葉さんが自分で選んだとは思えない家具ばかりの部屋だった。

「本当にここで暮らしてるの？」

「いえ、わたしが生活してるのは主にこの部屋で」

薄葉さんが見せてくれたのは六畳くらいの部屋だった。そこにＰＣや各種ゲーム機、そして漫画やアニメのムックなんかが整然と配置されている。ＰＣはピカピカ光るゲーミング仕様。リビングとのギャップがすさまじい。

「ここって部屋というか、ウォークインクローゼットじゃないの？」

「でもわたし、ここじゃないと落ち着かなくて」

ようやく「らしさ」が見えてきた。

薄葉さんが紅茶を淹れてくれて、ゲーミングなお部屋で二人で飲んだ。ティーセットはハイクラスホテルのラウンジで出てきそうな高級品なのに、紅茶はスーパーでまとめ売りしているティーバッグ。このギャップにもまた、学校では見えない複雑な事情が垣間見える。

ひとまず、今はおいておこう。

「体調は大丈夫そうだね」

カップを持つ薄葉さんの手が止まった。

「学校に来られないのは、別の理由？」

意地悪な質問をしてゴメン、と心の中で謝りながら、聞いた。

気まずい沈黙の後、薄葉さんは話し始めた。

「チームを組んで何かするのってわたし、苦手なんです。ＦＰＳとかも、絶対チームの足引っ張っちゃうからやらない。自分ひとりでできるゲームしかやらないんです」

「わかる。すごいわかるよ」

自分の存在がチームメイトの足を引っ張る気まずさ。特にバスケでは、それは如実にあらわれる。チームでひとりだけ背が低いと、そこがディフェンスの穴となって徹底的に攻められる。僕の存在そのものが、そのままチームの弱点となってしまう。

それが、どれだけつらいことか――。

「今度の球技大会、わたしはいないほうがいいと思うんです」

木目の床に、さみしい言葉がぽつんと落ちた。

「ど、どうしてそんな風に考えるんだよ。たまパーでだっていい感じだったじゃないか。ダンスとそれはまた別かもしれないけど、逃げずに頑張っていれば、いつかは——」

いつか。

努力は実を結ぶはず。

——本当にそうか？

薄葉さんに言いながら、僕は自問する。

もうひとりの僕が、僕に問いかけてくる。


——努力は必ず実を結ぶ？

——本当にそう信じているのか？　茂木福助。

——人間には、できることとできないことがあるんだぞ。

——たとえば、おまえのいつまでも伸びなかった身長のように。


違う。

違う。違う——。

頭を振って、激しく何度も振って、僕は弱気を追い出す。

僕はここに、何しに来た？

なあ、茂木福助。

ここに、お前は何をしに来た？

彼女に、伝えたいことがあったからじゃないのかよ！

「薄葉さん」

「……はい」

「僕の話を聞いてくれないか。背の低い、とあるバスケット選手の話を」

無言で頷（うなず）いた彼女に、僕は話す。

今までのこと、ずっと誰にも言えなかったことを。

大切なガールフレンドに話す。

「そいつは、バスケが好きだった。ただバスケが楽しかった。ボールを追いかけて、点を取った取られたを繰り返してるだけで楽しかった。小学生の頃は試合にも出られたし、バスケをつらいと思ったことは一度もなかった。でも、そこから段々差がついてきた。背が高いと低いで上と下が分けられ始めた。そしてそいつは『下』に分類された。……身長、が」

その言葉を吐き出すとき、喉につっかえるものを感じた。

でも、言った。

「身長が、伸びなかったんだ」

頬が熱くなるのを感じた。

薄葉さんは黙って聞いてくれている。

「周りはどんどん伸びていって、勇星なんて中学に上がる頃には１７５に届いていたのに、そいつはダメだった。練習でも後れをとるようになって、中学から始めたやつにも抜かされて。ずっとずっと、ベンチだった。他の武器を磨いてもダメだった。そいつくらいの運動神経、身体能力の選手はたくさんいて――監督に『お前はヘタじゃないけどな』『それだけじゃ何にもならないよ』って」

「でも……」

薄葉さんが控えめに言った。

「でも、やめなかったんですよね？　そのひと」

僕は頷いた。

「厳しい部だったから練習きつくてやめるやつもたくさんいたけど、そいつはやめなかった。なんか、あきらめきれなくって。努力し続けたら何かあるんじゃないか、いつか何かが起きるんじゃないかって」

こうして振り返ってみても、わからない。

なぜ、あんな希望を持っていたんだろう？

「その努力が実ったわけじゃないけど、最後の最後で試合に出してもらえた。精一杯いいプレイをしようって張り切って、最後に爪痕を残そうとしたけど、やっぱりだめだった。もうボッコボコだよ。ずっとベンチだったのも当然って感じの結果。でも、全力は尽くした。やりきった。そこでそいつは、自分のバスケは終わりにしたんだ。中学でバスケはやりきった、高校では別のことをしようって」

嘘じゃない。

それは、嘘じゃない。

「……でも、時々思うことがあるんだ。そいつは逃げたんじゃないか、バスケから逃げただけなんじゃないか。あんな情けない終わり方でいいのかって気持ちも、やっぱり心のどこかにあって——わからなくなるんだ」

最後のほうは、声が掠れた。

「やりきったっていうのは本当。もうあんな想いはしたくないと思ったのも、本当」

どっちが自分なんだろう。

どっちが本当なんだろう。

わからない。

「……だから」

そのとき、ひとつの考えが降りてきた。

それは、僕の頭のなかで急速に形を作っていった。ただの思いつきにすぎないことだ。でも、その「思いつき」は、僕の心の底にずっとわだかまっていた「モヤモヤ」で、それが今、形となって表れたように思う。

それは、言葉にすれば、こういうことだ。

「そいつ、いや、『僕』は、球技大会でバスケに出るよ」

自分の言葉を確かめるようにしながら、口にする。

「本当にあれでやりきったのか、それともまだやれたのか、もう一度自分に聞いてみる」

「……」

「ねえ、薄葉さん。僕の応援に来てくれない？」

薄葉さんが僕を見つめた。

「わたし、に？　結愛ちゃんじゃなくて？」

「そうだよ。薄葉さんにだよ」

声に力が戻っていた。

体に力が湧いてくるのを感じる。

はじめて見つけた、自分と同じ悩みを持つ女の子に。

僕のせいいっぱいの姿を、見てもらいたいと思う。

「ダンスなんかもう、サボッていいからさ。その代わり、僕の応援に来てよ。コートの外から、誰よりも大きな声で応援してよ」

薄葉さんは顔を伏せた。返事を考えているのか、それとも断る言葉を探しているのか。

僕にはわからない。答えを急かすことはしたくなかった。それは、僕がやられて嫌なことだから、大切な友達にもしたくなかった。

「小さかったら、高く跳べ」

あのポスターの言葉を、僕は口にした。

「挑戦してみるよ。もう一度」

◆

翌日の昼休み、さっそく動くことにした。

バスケに出る連中が体育館で練習してるという情報を聞いて、僕はそこへ向かった。

一年一組でバスケに参加する人数は五人である。バスケはひとチーム五名なので、人数的にギリギリだ。経験者はひとりだけ。小学校の時にミニバスチームにいたという室田くんで、彼がリーダー格だった。スポーツも勉強もイケる万能タイプ（本人談）で、口ぐせは「俺は完璧主義だから」。ただ、どれもこれも中途半端で、友達からは「オール４」と呼ばれているらしい。

「え？　今から入れてくれって？　そりゃまぁ、いいけどさぁ」

突然現れて野球との掛け持ちを申し出た僕のことを、室田くんはバカにしたように見つめた。彼はクラスでは勇星の次に長身で、180センチだという。ヤンキー井上くん情報によれば「あいつサバよんでて、179らしい」とのことだけど、163の僕からみればサバを読めるだけうらやましい。

「茂木クンよぉ、自信あるのか？ 足引っ張られるのはやだぜ。俺って完璧主義者だからさ」

あきらかに疑われている。「そのタッパで本気か？」と言いたげな顔で、人差し指の上でバスケットボールをくるくる回し続けている。

「中学まで、勇星と同じバスケ部だった」

「へっ、そうなの？」

彼が意外そうな表情を浮かべたそのスキを見て、ボールを奪った。半年のブランクを経ても体が覚えていた。ボールは吸い付くように僕の手のひらに収まる。そのままドリブルで右サイドを抜きにかかる。奪い返そうとしてくる彼の左手を避けてボールを背中に隠す。背中で右手から左手に持ち替えて、ターンを決める。

この時――。

ただ、速さで抜くんじゃ駄目だ。

僕の身体能力で出せるスピードなんてたかが知れてる。

そうじゃなくて、緩急をつける。

ギアを入れ替えるタイミング、小が大を制するためにはそれしかない。

――そこっ！

「うおっ？」

完璧主義者の左手が空を切った。

僕のスピードについてこられなかった――のではなく、自分のスピードを殺せなかったのだ。僕が急に動きを止めたから、彼はそのままの勢いでつんのめった。

僕は静止した状態からまた急加速してゴールに向かう。

パシュッ、と乾いた音が響いた。

ボールがネットをくぐりぬけた音だ。

やっぱりいつ聞いても、この音はいい。好きだ。あらゆる苦労が、つらいことが、ただこの音だけで報われる気さえする。

てんてんと跳ねるボールを、室田くんと他の四人は呆然と見つめた。

「どう？　入れてくれるかな？」

ちょっとかっこつけすぎかな、と自分でも思いながら聞いた。

室田くんはコクコクコクッと高速で頷いて、

「完璧主義者の室田勝だ！　よろしくなフク！」

あだ名で呼ばれ、握手まで求められた。露骨な手のひら返しだけど、わかりやすくて有り難い。本当に一組はいいキャラがそろってる。一見イヤミなやつに見えても、話せばちゃんとわかり合える。

それからしばらくパス回ししたり、シュートの練習をした。

「いやー、マジでやるなぁフク。俺の次に上手いんじゃねーの？」

室田くんは褒めてくれたけど、まだ本調子にはほど遠い。これじゃせいぜい、体育の授業で「うまいねー」と言われて終わる程度。とても経験者だなんて胸を張れないレベルだ。

最後の夏から、およそ一年のブランク。それ以降はたとえ遊びでもバスケットボールに触ることはなかった。このブランクはでかい。ヘタくそがサボってたんだから、この差は並大抵のことじゃ埋まらない。しかもあと二日しかないのだ。

それでも、やれるだけのことはやりたい。

◆

放課後も室田くんたちと五時まで練習した後、僕はひとりで駅近くの市民体育館に向かった。ここにはバスケットコートがあり、安い料金でレンタルできる。よく部活が休みの時、勇星と二人で自主練した場所だ。ネット予約ではもう埋まっていたけど、キャンセルが出るかもしれない。

受付のおじさんに話すと、

「ごめんねー。キャンセル出たけど、すぐにまた埋まっちゃったよ」

「そうですか……」

もしかしたら宮ノ森生かもしれない。他のクラスか他の学年か。学年が違うなら練習に交ぜてもらうことはできないだろうか？

コートを覗(のぞ)きに行こうとした時、後ろから呼び止められた。

「どこ行くんだ？　福助」

それは、いつものようにどでかいスポーツバッグを担いだ親友の姿だった。

「勇星？　どうしてここに？」

「お前がバスケに出るって、室田たちから聞いてな。きっとここに来ると思っていた」

「うん。でも、もう予約が埋まってて」

「ああ。その予約は俺だ」

サイダーのようにさわやかな弾ける笑顔を、親友は見せた。

「お見通しだよ。俺が何年お前の幼なじみをやっていると思うんだ？」

「……はは」

僕は頭をかきながら、自分よりはるかに背の高い勇星のことを見つめた。背丈以上に、人間としての器で、僕は親友に及ばない。

「でも、部活は？　この時間ならまだ練習してるんじゃ」

「自主練するって言って出てきた。多少の融通はきくさ。なにしろ俺は期待のエースだからな！」

そう言って笑った後、勇星は寂しそうな顔になった。

「エースじゃなかったら、ひさしぶりに福助とチームが組めたのにな」

その時、勇星の大きな背中から男子がひとりスッと出てきた。

秋山くんだった。

ずっと前からいましたよ、みたいな顔で準備体操を始めている。

「え、なんで秋山くんまで？」

勇星が答えた。

「彼もバスケに出たいらしいぞ。何故か勝手についてきたが、構わないだろう？」

「そりゃ構わないけど……」

やたら軽快な体操を見せる秋山くんである。

「秋山くん、カバディはどうしたの？」

「カバディ？　なんのことだい？」

めちゃめちゃ不思議そうな顔で聞き返された。

その表情をする権利は、僕のほうにあると思うんだけど……。

「いや、だってこの前、カバディカバディって」

「ぼくは真剣なんだ。茶化さないでくれるかい？」

「……」

ま、いいか。

おかげで僕は、親友と新しい友達の三人で、夜遅くまで練習することができたのだった。

□■あまりの夜■□

勇気出ろ。

勇気でろ。

ゆうきでろ。ゆうきでろ。ゆうきでろ。

「…………勇気、出ない…………」

深夜十時。

弱々しい声が寒々しいリビングルームに響く。

あまりは。

ソファの上で。

小さな石のように膝を抱えて――。

「茂木くん……」

明日の球技大会、「応援に来て」と彼は言ってくれた。「ダンスなんか出なくていいから」とまで言ってくれた。

嬉しすぎた。

こんな幸福が、ずっと憧れていた男の子からそんな風に言ってもらえる幸福が、あっていいんだろうか。

その幸福に戸惑っている。


——ねえ、茂木くん。

——ふくすけ、くん。

——福助くん。

——どうして、あなたは、そんなに、優しいの？


茂木福助のような男の子に、優しくしてもらえる価値が、自分にあるんだろうか？

そんな風に考えてしまっている。

ネガティブすぎて本当に自分でも嫌になる。どうして素直に「行く」って言えないんだろう。結愛のように素直で明るい女の子なら、喜んで彼の応援に行くだろうに。

その結愛からは、さっきもラインが来ていた。

結愛：聞いた？
結愛：茂木くんがね、バスケ出るんだって！
結愛：一緒に応援しようよ、あまりちゃん！
結愛：あの時のぶんまで、たくさん応援しようよ！

絵文字が乱舞、スタンプも乱打されていて、文面からも興奮が伝わってくる。
福助がこの家に来てくれたことは、結愛にもまだ言えてない。

（茂木くん、たくさんたくさん、お話してくれた）
（高校ではバスケをやらない理由も、包み隠さず話してくれた）
その理由はとても苦いものだった。
あまりには輝く星のように見えていた彼に、そんな苦悩があったなんて。
（それなのに、福助くんは……）
（きっと、わたしを励ますために、もう一度コートに立とうとしてくれてる）

その時、ラインの着信音が鳴った。

メッセージではない。通話の着信だ。

おっかなびっくり画面を覗き込むと、そこに表示されていたのはバスケットシューズのアイコンだった。

「藤崎、くん……？　どうして？」

ラインを交換した時以来、彼からメッセージが来たことはなかった。

おそるおそる、受信をタップする。

『夜分遅くに申し訳ない。同じクラスの藤崎勇星だ』

『あっ、はい、同じクラスの薄葉あまりです』

お互いの律儀さがあらわれた挨拶を二人はかわす。

『いきなり通話して悪い。文章を打つのは苦手だから、話したほうがいいと思って』

『はっ、はい……あ、あの、いったい？』

『実は薄葉にお礼が言いたくてな』

　真面目な口調で彼は言った。

『福助がバスケに出るって決めたのは、薄葉のおかげなんだろう？』

『えっ……』

『本人からは何も聞いてない。でも俺はそう確信してるんだ。そうなんだろう？』

　ためらった後、あまりは「はい」と答えた。

　やっぱりか、と勇星は笑った。

『薄葉と友達になってから、なんというか――福助が生き生きしてるんだ。まるで可愛い妹ができたみたいな、自分が兄貴をやらなきゃって張り切ってる。そんな顔をしてるから』

『……いもうと……』

『すまん。彼女と言ったほうが良かったか』

『ふぇっ!? あ、いえっ、わ、わたしなんかが、そんなっ』

勇星の声は、あくまで真剣だった。

『俺はあいつとまた一緒にバスケがしたい。もし俺が無理にでも誘ったら、福助は応じてくれるかもしれない。だけどそれじゃ意味がないんだ。だから――』

通話口の向こうで、頭を下げる気配がした。

『だから薄葉。ありがとう』

『…………』

あまりの目にじわりと涙がにじんだ。

『また福助をバスケットコートに連れ出してくれて、ありがとう』

違う。

ちがう。

『ちがうんです。藤崎くん』
『どうした薄葉？　泣いてるのか？』
『ちがうんです。ちがう。ちがうの……』

泣きじゃくりながらあまりは繰り返した。

ちがう。
自分は、そんなんじゃない。
お礼を言われるようなことは何もしてない。
福助くんは、あんなにいっぱい、いっぱい、わたしにしてくれたのに。
最初からずっと、彼は優しかった。
屋上の窓を閉めてくれた。
お花のこと、気づいてくれた。
痴漢から助けてくれた。

一緒にクレープ食べてくれた。
たまパーに行こうって誘ってくれた。わたしがいないとつまんない、って。
ピザ、お姉さんと一緒に食べた。
一緒に「ふつう」になろうって、言ってくれた!!

なのに。
わたし、なんにも返せてない。
『福助くんにしてもらったこと、まだ、なんにも、返せてないっっ!!』

■9

そして、球技大会当日。

せっかくの日曜を潰してつぶしての学校行事である。生徒から不平不満がもれてもおかしくないのに、僕が知る限りそういう声はない。クラス全体、学校全体が燃えている。ネットでは勝敗や順位の賭けかまで行われてるらしく、わざわざ学校からのメールで「賭けには参加しないように」「参加を募るSNSを見かけたら先生に報告」などなどの注意が回ってきたくらいだ。

この熱狂に呑み込まれるわけにはいかない。

僕自身の戦いを、この中で貫けるだろうか？

◆

野球は一回戦で敗れた。

ヤンキー井上くんは力投した。初っぱなも初っぱなの朝九時からの第一試合、野球部三人を擁する優勝候補・四組といきなり当たり、ほとんどの観客が四組圧勝を予想するなかで、三回裏まで完璧なピッチングでスコアボードに0を並べた。その熱投ぶりは敵のベンチが目を白黒させて、味方のベンチまでもが「ホントかよ」とざわつくほどだった。

だが、それも四回裏で終わった。

体力温存とばかりにベンチでスマホゲームをしながら盛り上がっていた野球部三人が目の色を変えた時、流れは変わった。キャッチャーをしていた僕には、彼らが打席に立った瞬間の「圧」がはっきりと伝わった。彼らはそれまでノーヒットに抑えていた井上くんの球をかるがる外野まで運び、塁に出れば駿足でこちらの守備をめちゃくちゃにかき回した。井上くんはたった三人の打者に翻弄されて、スタミナと注意力を奪われ、他の打者にまで打ち込まれるようになった。四回裏に6点、五回裏に4点を失い、僕らはコールドゲームで敗退となったのだった。

「ごめん。一球、逸らしちゃった」

マウンドまで歩み寄った僕のことを、井上くんは笑って抱きしめてくれた。

「ナイスキャッチ！」

その声は涙で掠れていた。

僕は上を向いて、ぐっと奥歯を嚙みしめた。

このまま「やりきった感」を出して終わるわけにはいかない。

今日の僕には、まだやるべきことがある。

◆

身長が絶対的なアドバンテージになるスポーツは、僕が知る限り二つだ。

ひとつはもちろん、バスケットボール。

もうひとつは、バレーボールだ。


「反則だろ、こんなの」

オール4室田くんがつぶやいた。

バスケ部門トーナメント一回戦で当たった三組チームは、全員がバレー部だった。

全員180センチ以上ある。

一番背の高いゼッケン4番は、勇星と同じで184センチあるらしい。バレー部なのに
なぜか真っ黒に日焼けしていて、あだ名は「麩菓子（ふがし）」。校内のどこにいてもすごく目立つ

から、僕も顔だけは知っていた。いつも大きな声でエロい話ばかりしてるので、イケメンなのに女子ウケは悪いらしい。

彼は、五月に呉羽さんに告白して振られたらしい。「あともう一押しだったんだぜ」と武勇伝のように語っているけど、しつこく付きまとってただけというのがもっぱらの噂だった。

ヤンキー井上くんが忠告してくれた。

「あいつ、一組には容赦しねえって言ってるらしいぜ。冗談っぽく言ってたけど、ありゃ、マジだな。気をつけろよ」

審判の号令で、整列する。

こうして向かい合って並ぶとよくわかる。みんな僕より頭ひとつ、いやふたつは高い。隣の秋山くんが「首痛いね」とつぶやくほどだ。

試合前に円陣を組んだ。

「いやぁ、やばいっしょ、やっぱい」

室田くんの顔が青ざめている。公称１８０センチの彼が、リアル１８０オーバーの五人にビビッてるのは誰の目にも明らかだった。いつも何考えてるかわかんない秋山くんは別として、他の四人も似たような顔色だ。

室田くんの肩を叩きながら僕は言った。

「でかいぶん、下は見づらいはずだからさ。思いっきりかき回してやろうよ」

経験者の僕がそう言ったことで、チームに少しホッとした空気が流れた。

もちろん、こんなのは気休めである。

バスケというスポーツは、この世でもっとも残酷なスポーツだと僕は思う。

身長差が圧倒的なアドバンテージとなり、しかもバレーと違って「接触プレイ」がある。小さい選手も大きい選手も、同じコートでぶつかり合わなくてはならない。格闘技でさえ体重別で細かく分けられているというのに、バスケにそんなものはない。持たざるものは、コートの上で、冷然と差別を受ける。

上と下を、「主役」と「モブ」を、こんなにもはっきりと残酷に分けてしまうスポーツは、バスケだけだろう。

試合が行われる第一体育館は、かなりの客入りだった。さっきの野球の三倍は観客がいる。みんな勇星を見に来ているのは明らかで、僕らのほうを見ては「あれ？　藤崎どこ？」「いねーじゃん」みたいなつぶやきが何度も聞こえてきた。「あいつ顧問から出るの禁止されてんだよ」と聞いて、帰っていく人もいた。

まったく期待されてない僕ら。

思わず口元に笑みが浮かんだ。ふっと肩から力が抜ける。そう、期待されてないんだ。

そういう意味じゃ気楽だ。１６３センチの、数少ないメリット。目立たない。空気。モブ。プレッシャーとは無縁。だから自由にコートのなかを駆け回れる。

薄葉さんなら、きっとこう言ってくれるはずだ。

「誰も見てないなんて、最高じゃないですか」って。

その薄葉さんの姿は、まだ見えない。

今朝送ったラインにも返信はない。

でも、きっと、来てくれるって僕は信じている。

試合開始のホイッスルが鳴った。

三組が僕らをなめてかかってるのはあきらかだった。センターサークルでのジャンプボール。大事なファーストプレイで、麩菓子はへろへろのやる気なしジャンプを見せた。ものすごいジャンプが来るものと縮こまっていた室田くんが「へっ？」と声をあげたほどだ。

室田くんの左手にあたって弾かれたボールは、ちょうど僕のすぐそばに転がってきた。

せっかくだ。付け込ませてもらおう。

次に「へっ？」と声をあげるのは麩菓子の番だった。長い手を伸ばしてボールを拾おうとして、僕に横からかっさらわれたのだ。すぐに敵の5番がフォローに来た。僕はサイドステップからのバックターンでそれをかわし、あとはゴールまで無人だった。

先取点をあげたことで、体育館がどよめきに包まれる。

小兵が巨象に一矢報いたどよめきだ。

「いいぞーっ、茂木くんっ！」

大観客のなかでもはっきりと聞き取れる声が耳に飛び込んできた。一組ベンチ裏の観客席を見れば、体操着姿も天使のように可憐な呉羽さんが僕に向かってタオルを振ってくれている。あまりのまぶしさに思わず目を逸らしてしまった。こういう時、ちゃんと目を見てガッツポーズできればいいのに。

低くつぶやくような声が聞こえた。

「そうか。お前が『モブ福』ってやつか」

麩菓子が暗い目で僕をにらんでいた。

モブ福。そのあだ名で呼ばれるのは小学校以来だ。あの時は嫌じゃなかったけど、今回はムッとした。だってそこには親しみがない。「俺が上で、お前は下」そう決めつける傲慢(まん)さしか感じない。

「結愛ちゃんとよく話してるよな。チョーシのんなよ？　藤崎のおまけがよ」

黒い顔が、怒りのためかさらにどす黒く見える。

これはもう、なめてはもらえない。

覚悟する必要がありそうだった。

◆

『チビはそのぶん、走るしかない』

ミニバス時代、コーチによく言われた言葉だった。本当にその通りだと思う。だから誰よりも走り込みはしてきた。おかげで小六まではリレーの選手に選ばれるくらい足が速かった。「足が速い小学生はモテる」というのが通説だけど、僕はその数少ない例外だろう。

「そのチビを止めろ！」

麸菓子の声を背中で聞きながら、僕はドリブルで三組ディフェンス陣を突破した。

やつらは背が高い。ジャンプ力もハンパない。だけど、この時だけはそれが仇になる。僕が軽く入れたシュートフェイントにひっかかり、ブロックに跳ぶ。ジャンプが高いぶん、足下に空白ができる。僕はそこを狙いすまして、ドリブルで抜き去った。

歓声が起きる。

同時にホイッスルが鳴った。

前半戦の十分が終了したのだ。

得点は20対18。わずかに僕らがリードしている。あとは後半戦の十分、このわずかなリードを守り切れれば、大金星だ。

ベンチで汗をぬぐいながら、室田くんが声を弾ませた。

「実力だろこの結果は！　なあフク！」

「そうだね」

答えながら、僕はペットボトルの水をカラになるまでがぶ飲みする。もうすっかり息があがっていた。たった十分の試合で情けない——でも、考えてみればこんな長い時間試合に出るのはどのくらいぶりだろう。練習試合を入れたって、いつだったか思い出せない。

秋山くんが新しい水を差し出して言った。

「大丈夫かい」

「うん、ありがとう」

秋山くんは何考えてるかわかんないけど、見るところは見てる。たぶん、僕は疲れ切ってるように見えるんだろう。実際、それはあたっていた。さっきから太ももが痙攣（けいれん）している。ブランクは誤魔化せない。

それでも、僕は走るしかない。

あと十分！

審判が再びコートに出てきた。試合再開が近い。室田くんが「行くぞ！」と言って、僕らは立ち上がる。観客席に目をやると、呉羽さんと目があった。ちょっと不安そうな目をしていたけど、にこっと微笑んでくれた。太ももの痙攣がちょっぴり、マシになった。

視線をめぐらせて、僕は「友達」の姿を探す。あの空色のヘッドホンを探す。いない。いない。やっぱり、来てくれないのか。いや、信じるんだ。絶対に来てくれる。

センターラインを挟んで麩菓子率いる三組チームと対峙（たいじ）すると——彼らは一様に、余裕の笑みを浮かべていた。

「なんだこいつら、負けてるくせに」

室田くんが眉（まゆ）をひそめた。

……嫌な予感がする。

後半、最初のボールは麩菓子がキープした。だが、すぐには攻めてこない。ゆっくりとボールを弾ませながら人差し指を立てて言った。

「落ち着いていくぞー。まずいっぽーん」

攻め方が変わった。

前半では、僕らをなめてかかり、闇雲に突っ込んではカットされるというパターンばかりだった。だが、ここにきて落ち着きを取り戻した。じわじわと僕らの首を絞めていく戦法に切り替えたのだ。

その効果は、劇的だった。

「ほーれ、いくぞ」

「おう」

へらへら笑いながら、彼らは山なりのパスを出した。僕の遥か頭上を越えていくパスだ。敵の5番がそれをキャッチしてゴールへ向かっていく。すぐに秋山くんがディフェンスにつくけど、それをすかすようにまた山なりのパス。またもや頭上を越えて、今度はゴール近くに来ていた麩菓子に渡った。

「どっかーん」

あっけなくシュートが決まった。

同点に追いつかれてしまったのだ。

秋山くんが汗をぬぐいながら言った。

「まずいね」

「うん……」

敵は、自分たちの圧倒的な身長差にモノを言わせることにしたようだ。

真っ正面からドリブルで突破したほうがそりゃかっこいいから、最初はそれを狙っていたのだと思う。「派手に勝ちたい」。球技大会は一大イベントだ。気になる女子にアピールするチャンスでもある。誰だって目立ちたい、かっこよく活躍したいと思うのが男心だ。

だけど、それで負けるとしたら？

負けるくらいなら「普通に勝つ」ことを選ぶに決まってる。

山なりのゆっくりとしたパスを繰り返していけば、僕らがボールを奪える確率は極端に下がる。なにしろ向こうは１８０センチオーバーの現役バレー部員たち。そしてこっちは帰宅部集団なのだ。高さも身体能力も比べものにならない。

観客から失望の声が漏れ始めていた。

「なんだよあれ」

「簡単にパス通されてるじゃん」

「てか、あいつ、ちっちゃえな」

「元バスケ部らしいぜ。あれで」

それでも、食らいつく。

最初からそう決めている。

僕は走った。ひたすら麩菓子をマークした。攻めの起点である彼にへばりつき、少しでもそのプレイを妨害する。腰を落として爪先で床を削るようにして食らいつく。簡単にパスもシュートも打たせない。必死に手を出し、足を運ぶ。

だけど、届かない。

「無駄なんだよ、チビ」

必死に手を伸ばす僕をせせら笑うように、頭越しのパス。小五から中三まで毎日触り続けていたオレンジ色の革ボールは、他人のように素知らぬ顔で僕の届かない高さを飛んでいく。

また、点が入った。

後半に入ってから僕らはずっと無得点だ。点数は20対38。ほぼダブルスコアの点差がついている。

そして、残り時間はあと二分。

「あー、もう」

室田くんがつぶやいた。あきらめのつぶやきだ。最初はパスカットしようとしていた彼も、もう手を伸ばすのをやめていた。だって、届かないのだ。やる気や根性で「高さ」は埋まらない。必死にやるだけ無駄なのは、完璧(かんぺき)主義者じゃなくたってわかる。だとしたら、誰がこんな疲れることをやるだろうか？

「ああ……」

上手くいかない。

現実ってやつは、何もかも、本当に……。

何かに挑戦しようとすると、こんな風に壁にぶち当たる。小さな壁、大きな壁にこつんこつんとぶつかる。やる気が削られていく。少し前に進めたと思っても、すぐに別の何かが邪魔をする。そのたびに勇気を挫(くじ)かれていく。

あの遊園地が、いい例じゃないか。

ちょっと呉羽さんといい感じになったと思ったら、すぐにぶち壊される。身の程を知らされる。薄葉さんが挫ける気持ち、僕には痛いほどよくわかる。ほんの少し望みを見せておいて、それを砕かれるつらさ。本当に本当によくわかる。

そして、いつか心は折れるのだ。

あきらめるのだ。

もう十分だ、満足した、やりきった——そんな風に自分を納得させて。

だって努力に終わりはない。夢に果てはない。いつまでもいつまでも際限なく続く「もうちょっと頑張ろう」。でも、それを続けてたら、いつか心が壊れてしまう。

だから、どこかで決めなきゃいけないんだ。

自分の終わりを。

やめ時を。

それが、僕は中三の夏だったってだけのことで——。


「うおおおおおおおおおおおおおおおおおおおおおおおおお」


誰かが吠えている。

必死になってボールを追いながら、届かない場所に手を伸ばして、吠えている。

誰だ、うるさい。

必死すぎる。

もういいじゃないか。これだけ善戦したんだ。クラスのみんなだって褒めてくれる。よくやった、健闘したよ、そんな風に言ってくれるに違いない。そもそも、ただの球技大会じゃないか。盛り上がるったって、所詮(しょせん)はお祭り。ギフト券一万円分？　教室にサーキュレーター？　本気で買いたかったら、クラスで百円ずつ集めて安いのを買えばいい。所詮はその程度のものなんだ。

　それなのに、

「あきらめるかああああああああああああああああああああああああああああああああ」

まだ、吠えてる。

吠えてるのは――僕だ。

もう、鬼ごっこと変わらなかった。ただボールを持ってる選手をがむしゃらに追いかけるだけ。小学生以下のバスケ。敵チームは失笑し、観客からはため息が漏れてる。最悪の雰囲気のなかを、僕はボールを求めて転げ回る。

観客席が目に入る。

呉羽さんが、泣いていた。

ぼろぼろ涙をこぼしている。

『もういいよ』

『がんばったよ』

口の動きで、そんな風に言っているのがわかった。

——違うだろ。

その瞬間、僕のなかによくわからない感情がわいた。

——がんばったよ、だって?

——違う。違うだろ。

がんばったかどうか、決めるのは、

自分なんだよ!

その時だった。

呉羽さんの後ろから、もふっとしたピンクの塊が突入してきた。

長い前髪が、激しく揺れている。
はぁはぁぜぇぜぇ、息を切らしている。
ふだん運動不足なのが丸わかりの、ひどい息切れ。
それでも、前を向く。
汗まみれの顔を僕に向けて、
彼女は、叫んだ。

「ふくすけ、くぅんっっ‼」

コートにまで響く、大きな大きな声。
体育館じゅうに響き渡り、窓をびりびり震わせるほどの声。
こんな大きな声、誰が出せるんだってくらいの大声。
驚くなかれ、その声の主は、クラスで一番無口な陰キャ少女だ。

「小さかったら、高く跳べぇぇぇぇぇぇぇぇぇぇぇぇぇぇぇぇぇぇぇぇぇぇぇぇぇぇぇぇぇぇぇぇ‼」

その声につられて、跳んだ。

今までかすりもしなかった敵の高いパスに、爪の先だけ、わずかにひっかかった。

「うらぁぁっっっっ!!」

爪がめくれても構わない、そのくらいの勢いで腕を振った。ボールは軌道を変えて、パスを放った麩菓子の後ろにてんてんと転がる。敵の7番がそれを拾いにかかる。だが、僕のほうが一瞬早い。ボールをキープする。だが、勢いあまった7番と接触し、その肘(ひじ)を顔面に喰らってしまった。観客から悲鳴があがる。大きなどよめきが起きる。

それでも離さない。

ぜったいに離さない。

赤いシミをぽたぽたと床に作りながら、僕はゴールへ肉薄する。

たちまち立(た)ち塞(ふさ)がる山のような敵をかいくぐり。

ボールを床に叩(たた)きつけながら確実にキープして。

シューズの底を擦るように、思い切り床を蹴(け)った。

小さかったら、高く跳べ。

僕は実行する。

空を駆ける。

大歓声が僕を包み込み、そして——。

■10

ラストの追い上げも焼け石に水で、僕らは一回戦で敗退した。

試合が終わって整列するとき、チームメイトはみんないい顔してた。室田くんは笑いながらずっと僕の背中を叩いていたし、秋山くんもやり遂げた顔で眼鏡を拭いていた。勝った三組とは対照的だ。麩菓子と7番が口論している。「最後、止められただろ」「ならお前がやれよ」と肩を小突き合って、審判が割って入り、結局最後の礼をしないまま終えたのだった。

ベンチに戻った僕らのことを、一組の仲間は拍手で迎え入れてくれた。

「すげーじゃん、茂木！」

「最後、めちゃくちゃ跳んでたな！」

口々に僕の健闘を称えてくれる。そのたびに照れくさくて、どこかに隠れたくなって、これからは僕もヘッドホンしてこようかな、なんて思ってしまった。

勇星は何も言わず、黙って肩を叩いて、僕の健闘を称えてくれた。

そして、呉羽さんは――。

「茂木くんっ、はなぢっ！」

充血した目のまま、ポケットティッシュを差し出してくれる。もうほとんど止まっていたけど、ありがたくいただいて鼻の穴に詰めた。

「す、すごかったわ、茂木くん。ほんっと、すごかったぁ……」

呉羽さんはまだ少し鼻声だった。この前の観覧車といい、実は泣き虫なのかもしれない。

「ところで、薄葉さんは？」

僕が尋ねると、彼女は苦笑いを浮かべた。

「恥ずかしいから帰るって。いちお、引き止めたんだけどね」

「……はは」

ちょっと残念だけど、とても薄葉さんらしい。

たぶん、あの応援は無我夢中で、人の目とかはいっさい考えてなくて、だからあんな大声を出せたんだ。後で我に返って、顔を真っ赤にして。その光景が目に浮かぶようだった。

ていうか、僕もちょっと恥ずかしい。

薄葉さんと顔を合わせるのが、照れくさいというか、なんというか……。

「ほんとに大丈夫？　茂木くん。まだちょっとふらついてるけど」

「ああ、うん」

なんて答えつつ、体にはまるで力が入らなかった。心地よい疲労感、全力を出し尽くしたという実感があった。

◆

一年一組、球技大会の成績は、総合四位に終わった。

勇星が出たサッカーが一位。呉羽さんが出た女子のダンスも一位。この二つは優勝したけど、後はすべて一回戦負け。総合としては四位で、ギフト券一万円分は露と消えたのだった。

そして、大会翌日の月曜日・朝。

体温計を見ながら、姉さんは眉をひそめた。

「あらやだ、38度もあるわ」

見事に風邪をひいてしまった。

熱を出すのはひさしぶりだ。

ここんとこ練習で無理をして、抵抗力が弱まっていたのかもしれない。

でも、正直「風邪ひいて良かった」という思いもある。なにしろ今日は全身筋肉痛で、ベッドから起き上がるのもつらかった。学校を休めるのが、マジでありがたい。

「私、今日は仕事で夜遅いのよねー。ご飯とかだいじょうぶ？」

「いいよ。冷凍食品とか、適当に食べるから」

姉さんは何か悩んでいたようだったけど、突如として「ぴっこーん！」とか昭和ちっくな擬音を口にして指を鳴らした。

「そうね！　じゃあフクちゃんに任せる！　お大事にねー」

なんだかよくわからないけど、納得してくれたようだ。

◆

リビングのソファで目を覚ますと、カーテンの隙間から夕陽が差し込んでいた。

時刻は午後五時を少しまわったところ。起き上がると軽いめまいが襲った。テーブルに置かれたままのスポーツドリンクを手に取る。すっかり温くなっていたが、それでもうまかった。まだ少し熱があるようだ。

瞬く間に５００ミリのボトルが空になる。

続いてぐうと腹が鳴った。

「……何食べようかな……」

姉さんにはああ言ったものの、冷凍食品を温める気にはなれなかった。体がインスタントを求めてない。何か簡単なものでいいから手料理が食べたい。寝汗を吸ったシャツが気持ち悪い。この体調で洗濯機をまわし部屋に干すことを考えると、それだけでまた熱があがりそうになる。

とりあえず着替えだけでもしようと思ったとき、玄関のチャイムが鳴った。

——誰だよ、こんな時に。

ふらふらしながらインターホンに辿り着いて、モニタを見て驚いた。

そこに映し出されていたのは、頭からすっぽりと白いポンチョを着込んだ不審人物だった。思わず窓を見たが、雨など降っていない。今からメルトダウン寸前の原子炉に突入します、みたいな厳重装備。体格からかろうじて女の子とわかる——いや、このポンチョには見覚えがある。「たまパー」のウォーターアトラクションで着ていた水よけのポンチョだった。持って帰ってたのか。

両手には、スーパーの袋を提げている。

ネギやら小松菜やらバナナやら、2リットルのスポーツドリンクやら、たくさんの品々がそこに突き刺さっている。「お見舞いに来ました！」と全力で主張している。

『あっ、うっ』

インターホンから、聞き覚えのあるア行が流れ出した。

『う、薄葉ですっ。一年一組出席番号五番の薄葉あまりですっ。も、茂木福助くんはご在宅でしょうかっ』

「あ、うん、ご在宅ですが……」

間抜けな返事をしてしまった。

すぐ玄関に行って鍵(かぎ)を開けると、体を左右に可愛らしく揺すっている彼女が立っていた。

「薄葉さん、どうして家に？」

「あ、あの、お姉さんから連絡もらって。茂木くんが風邪ひいているから、お見舞いに来てあげてほしいって」

なるほど。今朝の「ぴっこーん」の伏線がようやく回収できた。

あの後、彼女に連絡してたってわけか……。

「ごめん。うちの姉さんが無理言って」

「あっ、いえ、わたしも、その、心配、だったから」

もじもじしながらそんなことを言われたら、僕のほうまで照れくさくなる。

「と、とりあえずあがってよ。散らかってるけど」

薄葉さんの手からスーパーの袋を受け取って、家にあげた。

「ショッピングバッグ、また忘れちゃって」

「言えたの？　袋くださいって」

「……はい……」

ちょっと嬉しそうに薄葉さんは頷いた。可愛らしい笑みで、思わず見とれてしまう。

「茂木くん、か、顔が赤いですっ。まだお熱あるんですか？」

「えっ⁉　いや、まぁね」

「あ、あの、失礼します」

彼女の手がおでこに触れてきた。びっくりするほど冷たい手で、思わず声をあげそうになる。男子の体に触れるなんて、いつもの薄葉さんならできないことだと思う。それだけ、僕のことを心配してくれてるってことなんだ。

「ごめんなさい。わたし、体温が低いから」

「……いや、気持ちいいかも」

冷却シートみたいで、ひんやりする。

女の子の手って、もみじみたいに小さくてやわらかい。

それとも彼女が特別なんだろうか？

「やっぱり、まだお熱あります。お鍋の材料買ってきましたので、これで栄養つけてくださいっ。ごはんは炊いてありますか？」

「けさ姉さんが炊いていったのがあるけど……えっ？　薄葉さん料理できるの？」

薄葉さんは恥じらいながら頷いた。

「子供のときからする機会が多かったので、いちおう……」

流しの上にスーパーの袋を置く。小松菜、豆腐、しめじ、豚バラ肉。その他の食材がずらりと並んだ。何鍋だろう、楽しみ。後でお金だけでも払わなくっちゃ。

彼女は慣れた手つきでエプロンをつけて、うさぎのマスコットの髪留めで前髪をあげた。お姫様を隠す御簾が、ひさしぶりにオープンされたのである。

「……おお……」

まるっこくて可愛らしい、あまあまりんりん♪　とした瞳。見つめていると吸い込まれそうになる。学校一の美少女と並んでいてもまったく見劣りしない。

「あ、そのっ、あんまり見ないでくださぃぃ……」

おどおどきょろきょろ、瞳が落ち着きなく動くところは、やっぱり薄葉さんっぽい。

どうにかしてこの前髪をあげさせることができれば、学校でもモテモテになって明るくなれるんじゃ――。

「…………」

いや。

急かす必要はない。

本人がその気になった時でいい。

その時、手助けできる位置に僕がいればいいんだ。

◆

スウェットの上下に着替えてから、ソファで横になった。

ここからだとキッチンがよく見える。さらさらと同じリズムで揺れる髪と制服のスカートが視界に入ってくる。どきどきするのは、熱のせいだけではないだろう。

それにしても、小気味の良い包丁の音。

トントントンッ、って。

こんな音をさせる女の子が料理ヘタなわけがない。

まさか、薄葉さんにこんな隠れた特技があったなんて……。

案外、家庭的なところがあるのかな？

僕はクラスのみんなよりも薄葉さんのことを知っている気になっていたけれど、まだまだ僕が知らない彼女がたくさんいるに違いない。

やがて、お鍋のぐつぐつ煮える音がリビングに聞こえてきた。湯気とともに美味しそうな匂いが空腹を刺激する。

キッチンで薄葉さんが振り向く。

「その、食べられないものとか、ありますか？」

「なんでも食べるよ！」

今なら、苦手なピーマンでもゴーヤでもバリボリ嚙れそうな気がする。

彼女が作ってくれたのは、常夜鍋。

毎晩食べても飽きないというのが、その名前の由来とされている。僕はとある小説でその名前を知った。一度食べてみたいと思っていたのだが、まさか薄葉さんが作ってくれるなんて夢にも思わなかった。

白いローテーブルに、湯気を立てる土鍋（どなべ）がひとつ。そして茶碗（ちゃわん）と取り皿が二人分並ぶ。鍋のなかで、小松菜、しめじ、豆腐、豚バラがグツグツ煮えている。鍋いっぱいに広がる野菜のふとんに寝そべる肉のピンクが、神々しいまでに美しい。

「じゃあ、いただきますっ！」

取り分けてもらった皿から、まずは肉にかぶりつく。

「……あ、うっま……」

あらゆる肉のなかで、豚バラが一番うまいと思う僕である。

口の中で肉の脂がとろけて、ポン酢の酸味と混じり合う。きゅううっ、と口の中がせつなくなる。ご飯が欲しい。白飯が。

そのとき、ちょうどいいタイミングで、小さな手から差し出される山盛りの茶碗。

「あの、ごはん、このくらいでいいですか？」

「ありがとうっ」

夢中でかき込んだ。カラッポだった胃にうしうしと米を詰め込む。幸せ。

「あ～美味しい……」

「ほんとですね」

薄葉さんの茶碗も大盛りだった。もぐもぐ、せかせか、二人してごはんを食べる。この前食べたピザも美味しかったけど、鍋はやっぱり格別だ。姉さんのぶんも残そうかと思っていたけど、二人で全部食べてしまった。

心地よい満腹感に包まれながら、薄葉さんが剝いてくれた林檎をシャリシャリと囓る。可愛らしいうさぎさんの形に切り分けられていて、これまた心憎い。

「マジで、めちゃめちゃ料理上手いね。こんな特技があったなんて」

彼女は真っ赤になってうつむいた。「ほめすぎです」。そんな風に唇が動くのが、あげた前髪のせいではっきり見えた。

「そっ、それより、体の具合はどうですか？　お熱は？」

「いやもう、すっかり。鍋で汗かいて、頭がスッキリしてる」

彼女はホッとした顔になった。

「きのう、わたしのせいで頑張りすぎちゃったんじゃないかって、気になってたんです。わたしがいじけてるから、茂木くんが無理しちゃって、それで――」

「全然、そんなことないよ」

僕は首を振った。

「正直僕、あの時はもう心が折れかけてたんだ。大差がついて、ボールに触れることもできなくて、もう嫌だって逃げ出したくなってた。でも、薄葉さんの応援を聞いて心が震えた。なんでかわからないけど、勇気を奮い立たせることができたんだ」

結局負けちゃったけどさ——と僕は頭をかく。

薄葉さんの視線が動いて、壁に貼ってあるポスターに移った。スパッド・ウェブ。僕が尊敬していたバスケットマン。あの頃より、今のほうがもっと尊敬している。

「『小さかったら、高く跳べ』——ですよね」

「うん」

「わたしも、大好きな言葉になりました。何に向かって跳べばいいのかは、まだよくわからないですけど」

薄葉さんの瞳が、雨上がりの空みたいに澄んでいる。

「じゃあ、僕からひとつ提案」

「は、はい」

「そろそろ僕たち、名前で呼び合わない？　実は茂木って名前にはいい思い出なくてさ。ヨモギとか言われて」

薄葉さんはくすっと笑って、

「わたしもです。存在感が薄い、キャラが薄い、って」

僕も噴き出した。

「何から何まで同じだね。あまりちゃん」

「——はいっ。福助くん！」

僕らは顔を見合わせた。

あまりちゃんの瞳には僕の顔が映っている。

きっと僕の瞳にも、あまりちゃんの顔が映っているだろう。

僕だけが知ってる、可愛すぎる女の子の顔が。

■エピローグ

　翌日の学校。

　登校すると、僕が教室に入るなり呉羽さんが駆け寄ってきた。またまた「ゆあんっ♥」って感じのオーラを放ちながら、亜麻色の髪をなびかせて。ハッピーターンには「幸せの粉」がまぶされてるそうだけど、呉羽さんの髪には「かわいい」の粉がたくさんまぶされているのだろう。

「茂木くん！　よかった、風邪治ったの？」

「う、うん」

　ああ、あいかわらずまぶしいっ……。

　たった一日会わないだけで、もう目にクる。いつも直視できてるのが不思議なくらいだ。サングラスならぬ呉羽グラスの発明が待たれる。

　この笑顔をまっすぐ見つめられるようになるには、まだまだ修業が必要らしい。

「福助、復活したか」

　と、今度は勇星が声をかけてくれる。

「この前の試合を見た先輩から、お前を部に誘えってしつこく言われててな。無理にとは言わないが、一度見学に来ないか？」

「あー、うん……ま、そのうちね」

苦笑いしてお茶を濁した。今はまだそんなこと、全然考えられない。また僕があのコートに立つ日は来るのだろうか？

「おっ、フクっち！　無事だったか！」

ヤンキー井上くんも駆け寄ってきた。

「昨日休むから心配したじゃねーか。俺の剛速球で手パンパンだったからだろ？」

「いや、全然平気」

「そこは嘘でもそうだって言えよ！」

井上くんが突っ込むと、呉羽さんがくすくすと笑った。それにつられて、周りの男子や女子からも笑いが起きる。

「おーすフク！」

と、次はオール4の完璧主義者・室田くん。

「俺のスーパープレイに付き合わせちまって、そのせいで体調崩したんだよな？」

「いや、全然平気」

「ははは、フクは謙遜が上手いな！　……ところで、今日の放課後空いてるか？」

室田くんは声をひそめた。

「ひさしぶりに『福助詣で』させてもらいたいんだ。どうしても好きな子がいてさ。頼む！」

「もちろんＯＫだよ」

そんな僕の隣で、えっちらおっちら、ラジオ体操してる人がいる。そう、秋山くんである。騒がしい朝の教室の雰囲気などどこ吹く風、淡々と黙々と体操するその姿は、修行僧みたいな清廉さに満ちあふれていて、思わず尊敬しそうになった。

クラスにも、だんだん話せる相手が増えてきた。

もちろん、まだ完全に打ち解けられたとはいえない、話したことのない人もたくさんいるし、まだまだこれからって感じではあるけど――どうにか一年間、やっていけそうかなという自信はついた。

なにより、僕には仲間がいる。

心強いガールフレンドがいるから。

その彼女は、今日も机に突っ伏していた。いつものように空色のヘッドホンをして、ひとり、音の空間に浸っている。

だけど――。

ときどき、視線が、ちらり、ちらりと、僕のほうに向けられる。

誰にも気づかれないように、こっそり、僕が手を振ると、彼女の肩がぴくんと震えた。

彼女は少し顔をあげて、周りを窺(うかが)ってから、おそるおそる手を持ち上げて――。

「ねえ！　茂木くんっ！」

呉羽さんにまた声をかけられた。

「よそ見しないで、私とも少し話そうよー」

「あっ、う、うん、な、なに？」

「球技大会のこと！　私、今でもまだ感動さめやらぬって感じで――なんかもう、茂木くんのファンになっちゃった」

「ふぁ、ふぁん!?」

刺激的な言葉に、心臓がぎゅぎゅっと鼓動を速めて爆発しそうになる。ああもう、なんか瞳(ひとみ)うるうるさせて、上目遣いに……。反則だ。

「は、はは、そう？　それほどでもないんだけどね」

うつむきながら頭をかいていると――マナーモードにしてあるスマホが、ポケットの中でぶるぶるっと震えた。止まったと思ったら、また震える。止まる。震える。止まる。震える。僕が呉羽さんと話しているこの瞬間、ラインが鬼のように着信しまくっている。

——これは、もしかして。


おそるおそる、横目であまりちゃんのほうを窺う。

机に突っ伏したままの体勢で、あまりちゃんが、スマホを操作しているのが見えた。親指をせかせかさせている。朝からリズムゲーム？　……ってわけじゃないだろう。たぶん、さっきから連打されてる鬼着信の主が、あまりちゃんなんだ。


もしかして、やきもち妬いてる？

僕が呉羽さんに、鼻の下伸ばしてるから？


いやまさかそんなと思った時、僕の目の前でものすごいことが起きた。

おもむろに机から起き上がったあまりちゃんが、僕のほうを見て「べー」ってしたのだ。

それは、思い切りがぜんぜん足りない、照れっ照れの「べー」だった。

あくまで、一瞬の出来事だ。

あまりちゃんは顔を真っ赤にして、さささっと顔を伏せてしまった。

「……あ～……」

な、なんてフォローすればいいんだ？

突然のことでおろおろしていると、今度は呉羽さんに脇腹をつんつんっとつつかれた。

「……もぉ。どうしてあまりちゃんのことばかり見てるの？」

「いっ、いやっ、見てなっ」

「もっとちゃんと、私のことも見てほしいな。……ね？　そろそろ『結愛』って呼んで？」

「⁉」

ああ。

クラスで一番可愛い女の子。

その隣で見つけた、最高に可愛い女の子。

そんな素敵すぎるふたりに挟まれて――。

贅沢すぎる悩みが、モブのはずだった僕に生まれたようだ。

あとがき

学園の女神様だとか。

クラスのアイドルだとか。

彼女にしたい女子一位だとか。

そんな高嶺の花に憧れる気持ちはありつつも、どこか、そういう「普通の流れ」には乗れない自分もいて。

キラキラした彼女はまぶしすぎる、一緒にいて落ち着かないなんて気持ちもあったりして。

そうやって、クラスの中心から外れたところに佇んでいると、見えるものがあります。

たとえば、そのキラキラした女神の陰に隠れている、とっても可愛らしい少女、一緒にいて安らげる女の子を見つけてしまったりとか——。

追いかける恋も素敵だし、追いかけられる恋も楽しい。

でも、本作は、地味なふたりが手に手をとって一緒に歩いていくお話です。

楽しんでいただければ幸いです。

本作のイラストを引き受けてくださったたん旦さんに感謝を。

自分のPCに専用フォルダがあるイラストレーターさんに担当していただけたのは、本当に望外の喜びです。

担当編集のべーさん。一度は完成をあきらめかけたこの本が世に出たのは、あなたのおかげです。ありがとうございます。

それでは今回はこの辺で。

お読みいただき、ありがとうございました。

裕時悠示

彼女にしたい女子一位、の隣で見つけたあまりちゃん

著　裕時悠示

角川スニーカー文庫　24155

2024年5月1日　初版発行

発行者　山下直久

発　行　株式会社KADOKAWA
〒102-8177 東京都千代田区富士見2-13-3
電話　0570-002-301（ナビダイヤル）

印刷所　株式会社暁印刷
製本所　本間製本株式会社

●お問い合わせ
https://www.kadokawa.co.jp/（「お問い合わせ」へお進みください）
※内容によっては、お答えできない場合があります。
※サポートは日本国内のみとさせていただきます。
※Japanese text only

Printed in Japan　ISBN 978-4-04-114973-7　C0193

★ご意見、ご感想をお送りください★
〒102-8177 東京都千代田区富士見2-13-3
株式会社KADOKAWA　角川スニーカー文庫編集部気付
「裕時悠示」先生「たん旦」先生

角川文庫発刊に際して

角川源義

第二次世界大戦の敗北は、軍事力の敗北であった以上に、私たちの若い文化力の敗退であった。私たちの文化が戦争に対して如何に無力であり、単なるあだ花に過ぎなかったかを、私たちは身を以て体験し痛感した。西洋近代文化の摂取にとって、明治以後八十年の歳月は決して短かすぎたとは言えない。にもかかわらず、近代文化の伝統を確立し、自由な批判と柔軟な良識に富む文化層として自らを形成することに私たちは失敗して来た。そしてこれは、各層への文化の普及滲透を任務とする出版人の責任でもあった。

一九四五年以来、私たちは再び振出しに戻り、第一歩から踏み出すことを余儀なくされた。これは大きな不幸ではあるが、反面、これまでの混沌・未熟・歪曲の中にあった我が国の文化に秩序と確たる基礎を齎らすためには絶好の機会でもある。角川書店は、このような祖国の文化的危機にあたり、微力をも顧みず再建の礎石たるべき抱負と決意とをもって出発したが、ここに創立以来の念願を果すべく角川文庫を発刊する。これまで刊行されたあらゆる全集叢書文庫類の長所と短所とを検討し、古今東西の不朽の典籍を、良心的編集のもとに、廉価に、そして書架にふさわしい美本として、多くのひとびとに提供しようとする。しかし私たちは徒らに百科全書的な知識のジレッタントを作ることを目的とせず、あくまで祖国の文化に秩序と再建への道を示し、この文庫を角川書店の栄ある事業として、今後永久に継続発展せしめ、学芸と教養との殿堂として大成せんことを期したい。多くの読書子の愛情ある忠言と支持とによって、この希望と抱負とを完遂せしめられんことを願う。

一九四九年五月三日

継母の連れ子が元カノだった
まま
はは
Mamahaha
Moto kano
Tsurego
昔の恋が終わってくれない
紙城境介
イラスト／たかやKi
好評発売中!
実はまだ好き同士な
元カップルが親の再婚で
きょうだいに!?
第3回
カクヨム
Web小説コンテスト
《大賞》
ラブコメ部門
「僕が兄に決まってるだろ」「私が姉に決まってるでしょ?」親の再婚相手の連れ子が、別れたばかりの元恋人だった!? "きょうだい"として暮らす二人の、甘くて焦れったい悶絶ラブコメ——ここにお披露目!
スニーカー文庫

静かに過ごしたいのに、
なぜか《S級美女》と
学園ハーレム
ラブコメに!?
なぜかS級美女達の話題に俺があがる件
脇岡こなつ
ill. magako
《S級美女》と呼ばれる女子高生・姫川沙羅、小日向凛、
高森結奈。彼女たちが噂しているイケメンは学校一地
味な俺!? 静かな高校生活を送るため、彼女たちに嫌わ
れようと動くのだが全てが裏目に出てしまい……。
スニーカー文庫

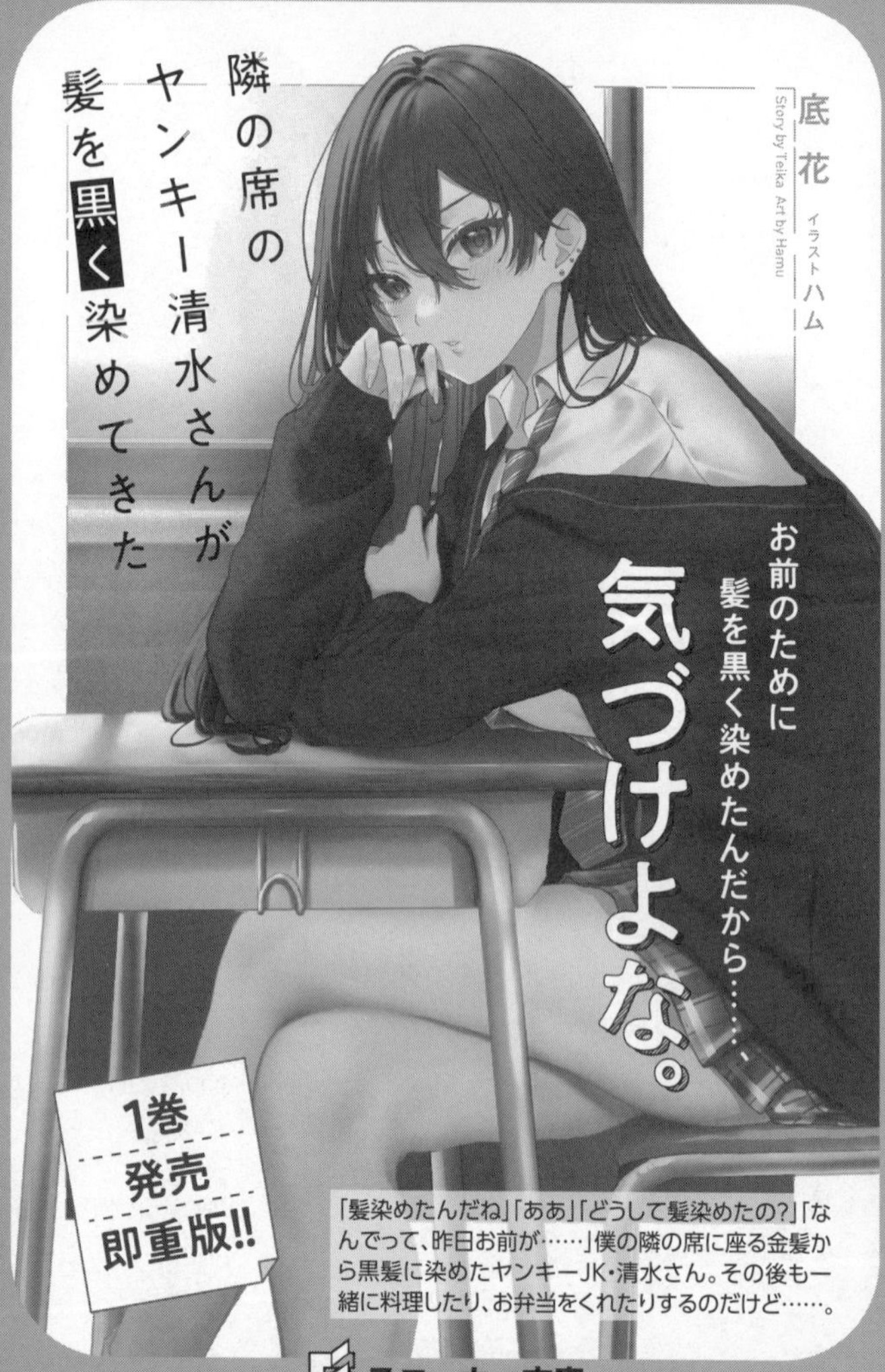
隣の席のヤンキー清水さんが髪を黒く染めてきた
底花 イラスト ハム
Story by Teika Art by Hamu
お前のために髪を黒く染めたんだから……
気づけよな。
1巻発売即重版!!
「髪染めたんだね」「ああ」「どうして髪染めたの?」「なんでって、昨日お前が……」僕の隣の席に座る金髪から黒髪に染めたヤンキーJK・清水さん。その後も一緒に料理したり、お弁当をくれたりするのだけど……。
スニーカー文庫

勇者は魔王を倒した。
同時に――
帰らぬ人となった。

誰が勇者を殺したか

駄犬 イラスト toi8

発売即完売！
続々重版の話題作！

魔王が倒されてから四年。平穏を手にした王国は亡き勇者を称えるべく、偉業を文献に編纂する事業を立ち上げる。かつての冒険者仲間から勇者の過去と冒険譚を聞く中で、全員が勇者の死について口を固く閉ざすのだった。

スニーカー文庫